爆款故事的诞生

［韩］金泰源◎著　　韩　晓◎译

Plot Hook Story Selling

北京科学技术出版社

著作权合同登记号 图字：01-2022-1925

图书在版编目（CIP）数据

爆款故事的诞生 / (韩) 金泰源著；韩晓译. — 北京 : 北京科学技术出版社, 2022.8 (2023.12重印)

ISBN 978-7-5714-2344-5

Ⅰ．①爆… Ⅱ．①金… ②韩… Ⅲ．①故事片 – 剧本 – 创作方法 Ⅳ．①I053

中国版本图书馆 CIP 数据核字核字 (2022) 第 096815 号

策划编辑：崔晓燕	**电　话**：0086-10-66135495（总编室）		
责任编辑：崔晓燕	0086-10-66113227（发行部）		
责任校对：贾　荣	**网　址**：www.bkydw.cn		
图文制作：北京瀚威文化传播有限公司	**印　刷**：三河市华骏印务包装有限公司		
责任印制：张　良	**字　数**：180 千字		
出 版 人：曾庆宇	**开　本**：850 mm × 1168 mm　1/32		
出版发行：北京科学技术出版社	**印　张**：7.25		
社　　址：北京西直门南大街 16 号	**版　次**：2022 年 8 月第 1 版		
邮政编码：100035	**印　次**：2023 年 12 月第 3 次印刷		
ISBN 978-7-5714-2344-5			

定　价：79.00 元

序

制片人幸福的脚步

通常影视剧的片场是冬冷夏热。相对来说,室内的片场还比较容易忍受,而室外的片场赫然建在荒地上,没有任何配套设施,冬天很冷,夏天很热,环境比较艰苦。即便这样,我还是会怀着激动的心情,迈着轻快的脚步,赶往片场。一路上,我会想象着历尽艰辛创作出的作品能够给观众带来什么样的快乐,想到这些,连心跳的速度都变快了。

我曾参与制作的一部电视剧的收视率为40.6%。韩国的总人口为5 000多万,电视普及率为92%,那么40.6%(收视率)×92%(电视普及率)×5 000万人(总人口数)×81集(电视剧总集数)≈15亿人观看。这么算下来,平均一集的收视人数约为1 850万,如果再加上重播、有线电视或交互式网络电视(IPTV)以及视频点播(VOD)的收视人数,还有海外的收视人数,可以推测一部的收视人数约为20亿。

我还参与制作了多部动画片和电视剧。3D动画片《丸町战神》(2010);电视剧《洛城生死恋》(2003)、《火鸟》(2004)、《不良主妇》(2005)、《布拉格恋人》(2005)、《黄真伊》(2006)、《黄金新娘》(2007)、《快刀洪吉童》(2008)、《老千》(2008)、《善德女王》(2009)、《追梦高中》(2011)等,合计收视人数超过了50亿。

曾经,我作为电视剧制片人访问了富士电视台(CX)。当时,不但富士电视台的电视剧制作中心主任,而且东京放送(TBS)等电视台的相关工作人员都称赞我所制作的电视剧，还有很多人请我签名。我受邀在马来西亚广播电视台（CRTM）进行讲座时，在场的制片人们多次起立鼓掌，对我取得的成绩表示赞叹。如此看来，我真算得上是运气非常好的制片人之一。

人们一般形容运气左右事业成败的是运七气三，但在影视文化产业却说运九气一，也就是说运气占到90%。制片人需要碰到有魅力、有趣的故事，还要结识有实力的作家、导演、演员和工作人员，又要获得发行商、电视台和投资人的支持与信赖。此外，赞助单位的帮助也非常重要。另外，同时期播出（上映）的其他竞争作品也是决定一部电视剧或电影能否成功的因素，实际上可以说运气占到90%以上。

为了把自己获得的幸运回馈给社会，我为自己布置了两个任务：第一是挖掘、培育创作新人；第二是为当地影视文化产业的发展贡献自己的绵薄之力。周围也有人说"放着自己的创作影视剧本职工作不做，却热衷于培训创作者，有点不务正业吧！"，但我认为培训创作者带给我的幸福和快乐，丝毫不亚于我的本职工作，所以我无法停止前往教室的脚步。

在我培训过的人之中，有人已经成为网络小说作家或漫画家，开始真正步入了自己的职业生涯，也有人荣获了各类故事征集大赛的奖项，还有人得到了韩国文化产业振兴院的资助，也有人成为著名商业电影（如《黑祭司们》）或独立电影的制片人、导演。还有比这更令人高兴和激动的事情吗？

如果说我现在还有什么最想做的事情的话，那就是营造文化创意人才所需要的环境——让创作者可以不放弃自己的创作梦想、靠创作就能维持生活的环境。我希望当有人说"我想成为作家"的时候，他不需要考虑未来生计问题，周围的人也不需要对他的梦想表示担心或惊讶。

对于本书的内容，你会感到既熟悉又陌生。如果你对创作故事感兴趣，这些内容可能与你读过的好莱坞故事理论相关。但本书又提供了与好莱坞故事理论不同的哲学思想和写作方法，会带给你耳目一新的感觉。

一开始，我并不是想创造某种新故事理论，而是想向创作新人介绍一种能帮助他们的故事创作理论或写作方法，并力图使这种理论或写作方法能够简单易懂，便于付诸实践。像罗伯特·麦基的《故事》，克里斯托弗·沃格勒的《作家之旅》以及布莱克·斯奈德的《救猫咪：电影编剧宝典》等故事理论虽然都充满着灵感，但令人遗憾的是，它们对实际的故事写作却起不到太大作用。于是，很多人对好莱坞式故事理论中令人感到迷惑、费解的部分进行重新解读或补充，从而扩展出很多新内容。

我重新梳理了西方不同流派的故事理论、寻找故事创作的哲学思想和写作方法，形成新的故事创作理论。我将该理论命名为"欲望的配方"。

无论故事中的主人公是富人还是穷人，是有权力的人还是平凡的人，当我们发现他们是与我们并无二致的有缺失①的人时，我们就会对故事的主人公产生关注、期待和好奇。我们会关注他们是如何克服自己的缺失，从中获得了什么样的启发，这样的启发又会使他们追求怎样的欲望。最终，故事创作的核心就是设置主人公的缺失和欲望，以及它们是如何引领主人公前进的。所以，我将故事的主干，即情节定义为缺失与欲望的因果结构。

———————

① 缺失源自法国精神分析学家雅克·拉康的欲望理论。拉康认为人的本质是欲望，欲望的本质是主体期望得到他者的承认或认可。欲望的对象是缺失。

　　我分析了100多部大卖的影视剧和畅销小说，重新梳理了能对故事创作产生实际帮助的情节概念。就像你尽管不了解数学原理和公式，但都会背九九乘法表一样，不管是否擅长故事创作，你都必须熟悉故事的基本构成——情节与情节结构。

　　用缺失与欲望的因果关系构建情节，用4幕—24个单元格情节结构填充故事。

　　这就是我总结出的故事创作理论。当然，即便采用这种理论，故事创作者也需要创意，就像大家用同样的菜谱做出味道不一样的菜肴一样，故事创作者的创意决定故事的魅力。我期待创作者能够充分发挥自己的创意，超越我所总结的故事理论，创作出更酷、更有魅力、更有趣的故事。

我所期待的祖国

我希望我的祖国是世界上最美丽的国家，
而不是最富强的国家。
我们的富裕程度足以让我们丰衣足食就好，
我们的力量足以让我们抵御外来侵略就好。

我惟一想要无限拥有的就是高尚文化的力量，
因为文化的力量可以让我们自己幸福，
进而还会给予别人幸福。

现在对于人类而言，缺乏的并不是武力，也不是财力。

自然科学的力量无穷无尽，但是纵观人类整体，就算只掌握当下的自然科学也足以让我们好好生活。

人类不幸的根本原因在于，

缺乏仁义，缺乏慈悲，缺乏爱。

只有文化才能培养人类的这种精神。

我希望我的祖国不要一味模仿别国，

而要成为高端新文化的源泉、目标和模范。

我相信这就是我们的祖先檀君的理想"弘益人间"的寓意。

——金九《白凡日记》

虽然现在很容易就能从网上读到金九先生的作品，但在20世纪90年代初，我却是费尽周折才得到了他的《白凡日记》，读到其中《我所期待的祖国》时的感动与兴奋，至今难忘。用文化的力量让我们更幸福，这是我的初心。所以无论我在何地举办讲座，一开始我都会介绍金九先生。

我会不忘初心一直努力创作，也想与大家分享在国家处于困难时要用文化力量建设更强大的国家的愿望。

在我创作本书以及申请故事理论"欲望的配方"专利的过程中，跟随我的创作者、同事以及培训班的学生，都给予了我很多帮助。他们乐于与我同行，有的成为我的弟子或助手，有的自告奋勇当作我的实验对象。假若没有他们的帮助，我想就没有"欲望的配方"这一故事理论的诞生，也就不可能有此书的问世。

　　这本书是大家共同努力的结果，绝不是我个人的劳动成果，但由我来结集成书，所以成为我的作品。对此，我心中除了感谢还是感谢，对于本书作者中只出现了我的名字，对于不能在此将所有人的名字——列出，我深感抱歉。

　　初稿完成后，我总是以犹豫和懒惰为借口拖延，同时也是因为对书稿进行了多次修改与整理，导致本书现在才得以问世。这本书的出版也多亏了妻子不遗余力地鼓励和支持我。在此，向爽快决定出版此书的蓝色森林出版社的郑海钟代表和精心编辑此书的姜智慧总编辑等出版社同人表示衷心的感谢，并向在此书问世过程中，与我一起付出努力的各位表示感谢！

金泰源

目录

第一章

故事的时代，

故事的世界

叙事会朝着什么
方向发展呢?

我买的某人的梦想

　　过去20多年间，我经营了几家公司，招聘过300多名员工。为了选拔员工，我至少翻阅过1 000份简历。一般在审阅完简历后，我会选出一部分应聘者面试。令人惊奇的是，几乎所有应聘者的自我介绍都是从自己的出生地、父母的信息或家庭情况等内容开始的。

　　为什么会出现这样的情况呢？难道只是因为人们习惯按时间顺序来介绍自己吗？其实，并没有什么规定说简历只能这样写，但大家的简历仍然千篇一律。实际上，像应聘者的出生地、父母的信息或家庭情况等，并不是我关心的内容。

　　我至今仍对一个应聘者记忆犹新。2005年，他的自我介绍的第一行字是这样写的：

　　曾经照亮过地球的一半，接下来我想照亮地球的另一半，那就是贵公司。

在自我介绍中，他写到自己大学期间用打工赚的钱和父母给的零用钱，穷游了几乎整个世界，他的梦想是未来能成为音乐人，闯出属于自己的一片天地。在对他进行面试之前，仅凭他自我介绍的第一行字，我就已经决定要花钱买下他的梦想。想必各位也会做出同样的决定吧！他现在已经成了颇有名气的音乐制作人。

按时间顺序来介绍自己并没有什么不对。但对应聘者来说，重要的是把自己想说的话告诉招聘者，并让招聘者产生共鸣。所以，向招聘者展示自己固然重要，但预先考虑一下招聘者想听的是什么，再按照招聘者的想法来介绍自己更为关键。只有全盘考虑，才能选择好要说的内容。

如果让你用一句话来概括自己，你会怎么说呢？该如何形容自己呢？这一句话，能否引起陌生人对自己的好奇和期待呢？如果在苦思冥想后，还是没有找到恰如其分的一句话，那么在写自我介绍时，再如何长篇大论，也很难获得招聘者的青睐。这便是故事的魅力，叙事的魅力。

世界名牌的故事营销

　　有些名牌商品即使价格昂贵，人们也想拥有它。也许有人会说这是虚荣和奢侈的象征，但其实这也是我们这个时代品质生活的象征。这就是名牌商品展现出的故事的巨大魅力。像法国的香奈儿（1910~至今）、路易威登（1854~至今）、爱马仕（1837~至今）、卡地亚（1847~至今），意大利的普拉达（1913~至今），以及美国的珠宝品牌代表蒂芙尼（1837~至今）等，都是公认的世界顶级时尚品牌。

　　其中，1837年在法国巴黎开业的爱马仕和同年在美国纽约开业的蒂芙尼，都拥有180多年的历史和传统。那么，当时其他国家就没有能制作像爱马仕或蒂芙尼那样的产品的工匠或工坊吗？我认为是有的。但品牌历史久远，并不意味着就一定会成为名牌。爱马仕品牌不仅历史悠久，还有非常戏剧化的故事。爱马仕原本以制作马具出名，后于1837年转战时尚领域。由于它之前是做马具的，所以当然拥有制作高品质的皮革制品的能力。因此，爱马仕的第一个代表性产品便是皮包。

　　据说，爱马仕的产品都是在最适宜的环境条件下，由顶级工匠制作而成。而那些具有超高人气的皮包在订购五六年后才能拿到。铂金包是使爱马仕声名大噪的皮包之一。风靡全球的美国电视剧《欲望都市》（1998~2004）中有一个场景，主人公萨曼莎听到店员说铂金包要等5年才能买到时感到十分沮丧。她最后还是不惜盗用著名演员的名字买到了铂金包，却在路上遭遇了抢劫。剧中还有一个场景是萨曼莎对着劫匪大喊："什么都可以给你，唯独这个包不行！"她拼上性命也要守护铂金包。

　　爱马仕的代表产品还有凯莉包。凯莉包是摩纳哥王妃格蕾丝·凯莉怀孕后，爱马仕送给她的限定款包，以帮助她遮住即将临盆的肚子。这件事情发生在1956年，也就是说这个包有60多年的历史。格蕾丝·凯莉拎着这个包的照片，登在《生活》杂志的封面。此后，全世界女性纷纷下单订购这款包。爱马仕获得摩纳哥王室的许可后，将该款包命名为凯莉包。

　　那么，铂金包的"铂金"又是谁呢？她就是英国女演员兼流行歌手简·柏金。1984年，爱马仕的CEO让-路易·迪马在飞机上偶遇简·伯金，她对迪马说希望有一款大的包可以装她的各种杂物。于是，让-路易·迪马提议要为简·伯金设计一款易于收纳杂物的包包，并承诺将按照她的要求，在包里设计一个可以收纳很多东西的内袋。这就是现在世界上最受欢迎的名牌女包之一——铂金包。

　　爱马仕是世界上第一家利用明星的知名度宣传品牌的企业，也是将故事与营销相结合的企业。爱马仕的每一款产品都采用了叙事的方式进行营销。正是因为这样的用心和努力，才使得原本只不过是制作马具的爱马仕，成了与香奈儿并驾齐驱的世界顶级时尚名牌。

还有一点需要说明的是，爱马仕并不仅仅是凭借悠久的历史和明星的故事营销成为世界顶级时尚名牌的。爱马仕的产品上都标明了制作该产品的工匠的名字。任何看过爱马仕售后服务手册的人，都会不由自主地感叹："世界顶级的时尚品牌果然不是徒有虚名。"即使多年前售出的产品，只要消费者要求维修，爱马仕便会把需要维修的产品送到最初制作它的工匠手中，并使用当时制作该产品时的原材料进行维修。高质量的皮革本身就很难获得，所以这是不是意味着爱马仕为了应对未来几年可能出现的售后问题，提前保留了部分原材料呢？

爱马仕的故事告诉我们要使故事发挥威力，就必须以真实性为前提。爱马仕的故事还告诉我们，故事的竞争力并非来自创作者的才能和技巧，更多是源自真诚。

用叙事的方法教授数学和科学？

随着故事和叙事的流行，原本枯燥乏味的数学和科学教学，也因叙事这一方法的出现而变得轻松有趣。通过叙事来教授数学和科学？说实话，我对这种方式持怀疑态度。教师教授需要逻辑推理和计算的复杂知识时，假若只考虑轻松有趣的话，这些知识可能教授得比较简单，学生可能只掌握部分知识，更不用说能否理解透彻。无论叙事多么受欢迎，叙事也不是解决问题的万能钥匙。

尽管如此，2014年下半年备受欢迎的好莱坞电影《星际穿越》让我们真切感受到了叙事的巨大魔力。如果不是这部电影，还会有那么多人知道爱因斯坦的相对论和宇宙黑洞、虫洞之间的密切关系吗？《星际穿越》的导演克里斯托弗·诺兰在此前的电影作品《盗梦空间》（2010）中，还引入了西格蒙德·弗洛伊德的精神分析学和卡尔·荣格的分析心理学概念，这在全世界引起了巨大的反响，他堪称世界上最优秀的科学叙事讲师。

　　有些人认为像看电影、看电视剧、观赏音乐剧、读小说等这样消费故事的行为是浪费时间。但通过一部小说、电视剧、电影或音乐剧，我们能获取到很多的信息和知识。

　　举例来说，如果让大家画一下某个朝代人们的服装，想必大家画的都差不多。对于古代的人用什么样的语气说话，历史上的伟人们的生平和思想是什么样的，大家也能大致说出来或描绘出来。如果让大家描述一下监狱是什么样的，想必结果也是一样的。大家都没有去过监狱，那又是怎么知道监狱的样子呢？这些并不是我们亲眼所见或亲身经历的，为什么大家所了解的都差不多呢？因为通过各种素材和各种体裁的故事，大家所掌握的信息和知识都差不多。我们可以了解到自己没有亲身经历过的历史时期人们的日常生活、礼仪和说话方式，甚至还能了解到很多科学知识和自然法则，还能和很多人共悲欢，领悟人生智慧。

　　消费故事最重要的目的是得到快乐。但又不只是得到快乐，人们还获得了各种信息、知识和人生智慧。

填满故事的胡同

随着年龄的增长，人们更愿意回忆、怀念往事，这是人之常情。有时，人们会想起影响自己人生轨迹的事件、人物，有时，人们会怀念已逝的父母或分别的好朋友。留在记忆中的过往，最终都是属于自己的故事，但也是与生活在同一时代的人们共同的故事和回忆。

胡同是我生活的那个年代的标志之一。现在像鸽子笼般的楼房是人们生活的主要空间，但记忆中的胡同，既象征着一种特有的建筑，也象征着具有更深远意义的空间共同体。胡同还是展现别样美好的一种艺术品。如今，胡同被当作是落后地区，常被称为旧城区或老城区，就像被废弃的土地一样受到冷落，令人忧心。好在很多城市现在开始对胡同进行重建和开发，这令人感到欣慰、开心和激动！

一说起济州岛，我都会说"这里是上天赐给韩国的祝福与感动之地"。我每年都要去济州岛两三次。这是因为我有幸参与了电视剧

《洛城生死恋》（2003）的制作。

在济州岛，我最喜欢的地方是李仲燮[①]文化步行街。西归浦市有一条李仲燮文化步行街，它是以画家李仲燮短暂寄居的房子为主体建造的，是胡同重建和开发的典型代表。原本随处可见的普通街道，因李仲燮而变成了充满魅力的街道，吸引了无数游人前来。此外，这条街道从路灯到指示牌，再到房屋墙壁，处处用李仲燮的代表作品进行点缀。走在这样的街道上，人们不仅会想起李仲燮戏剧般的一生，还会想起在战争中饱受痛苦的艺术家们和无数普通人的故事。

全罗北道全州市的全州韩屋村已向公众开放了十多年，这里经常被誉为活用文化和故事的典范。走在熙熙攘攘的商业街上，你可以看到一条条由大路延伸出的小胡同。小胡同和旧民居相互交融的街道设计，令人印象深刻。逛完全州韩屋村后，人们还会自然而然地走向与它的尽头相连的壁画村。全州韩屋村还带动了全州购物中心的兴起，这充分说明成功的故事会让胡同重新焕发生机，并带动该地区经济发展。

这样的典范并不只存在于济州和全州，仁川市的松月洞童话村和大邱市的金光石[②]路等也很具有代表性。

---

① 李仲燮（1916~1956），韩国著名的油画画家，代表作品有《牛》《家族》等。他曾暂居济州岛。李仲燮美术馆坐落在济州岛西归浦市。
② 金光石（1964~1996），韩国著名歌手，出生于大邱，代表作品有《写信给阴暗的天空》。

政治也要靠故事定胜负

　　2008年冬天，我们见证了美国的历史性瞬间。那便是民主党总统候选人巴拉克·奥巴马以365票对173票的压倒性优势，击败了共和党总统候选人约翰·麦凯恩，当选为第44任美国总统。当时，美国媒体大写特写道："奥巴马的胜利是故事的胜利！"奥巴马是个混血儿，他的母亲是英裔美籍的白人，父亲是非洲人。他高中时曾不务正业，上大学时参加过反战运动，但现在竟然成为总统！他成为美国人找回一度丢失的美国梦的新旗帜，也成为点燃美国人认为美国是世界第一大国的自豪感的契机。

　　就像美国人之前通过比尔·克林顿来追忆美国历史上大受欢迎的总统约翰·肯尼迪一样，美国人可能通过奥巴马回想起了曾引导美国废除黑奴制度的总统亚伯拉罕·林肯。林肯的《解放黑人奴隶宣言》对南北战争起到了关键性作用，开启了走向平等、自由、民主之路。奥巴马是美国首位黑人总统，他的经历诠释了美国梦，美国人期待从此开启美国新的全盛期。这就是故事的力量。

故事的魅力不只出现在美国总统选举中，韩国的总统选举也是如此。现代的政治选举正从公约选举演变为人物选举，从形象选举进一步演变为故事选举。因此，有时候故事会被运用到政治中去。这不是一个对与错的问题，而是这个热衷于消费故事的时代最真实的自画像。

还记得1996年上映的美国电影《独立日》吗？这部电影有一个特别的故事。外星人入侵地球，连白宫都遭到了破坏，地球面临毁灭。这时，托马斯总统发挥其曾是空军飞行员的才能，亲自驾驶战斗机，冲向了外星人的战舰。为了美国的利益和地球的存亡，他的战斗精神令人尊敬和赞叹。电影中，总统角色戏份很重，足以压倒主角史蒂夫。与角色戏份相比，选择比尔·普尔曼这个演员在影片中扮演总统也足以令人惊讶，他从名字到外貌都酷似时任美国总统比尔·克林顿。

这难道是巧合吗？该电影上映4个月后的1996年11月，50岁的年轻民主党候选人比尔·克林顿以微弱优势战胜了73岁的共和党候选人鲍勃·多尔，成功连任总统。《独立日》在克林顿连任竞选前夕上映，几乎可以说是一部为克林顿再次当选总统而量身打造的电影。

事实上，美国民主党的有力后盾是好莱坞和信息与通信技术企业，好莱坞毫不避讳地制作并放映支持民主党的电影和电视剧。2013年7月27日，美国全国广播公司（NBC）在美国电视评论家协会论坛上表示将通过电视连续剧向大众展现从1998年至今希拉里·克林顿作为妻子、母亲、政治家、内阁成员的各种形象。不过，由于共和党方面的强烈抗议，两个月后，美国全国广播公司不得不宣布不会播出这部电视连续剧。制作公司方面却表示，将把剧名从《希拉里》改为《国务卿女士》，故事将讲述前美国中央情报局（CIA）女要员在出任国务卿后如何平衡自己的工作和家庭，还把原先计划在美国全国广播公司播出改为由哥伦比亚广播公司（CCBS）播出，首播时间为2014年9月21日。

在韩国也曾引起轰动的美国电视剧《新闻编辑室》（2012），虽然没有以特定人物为原型，但也以政治故事为核心，竭尽全力攻击美国极右势力茶党和共和党的右翼势力。这部电视剧所讲述的故事来源于美国现实中的政治斗争，题材非常敏感，以至于让人无法分辨这部剧到底是讲述实际情况的新闻报道还是电视剧。这种以政治事件为素材的电视剧，故事情节能做到如此起伏且具有吸引力，令人赞叹。

当然，令人遗憾的是，很多选举人在利用叙事这一方法时，故事缺乏真实性，甚至还会有与事实相反的故事满天飞。我们应该清楚，这个时代是连选举这一重要的选择和决定都需要通过故事来刺激人们的情感的时代，是连合理的选择都可能动摇的时代。我们无论是在获取方方面面的信息和知识时，还是在做出重要决定时，故事都潜移默化地影响着我们的一切。

故事是复杂多变的时代的必需品

我有一位师兄打算开一家寿司店，他打电话问我："我想给饭店编个故事，你有什么好想法吗？"我回答道："开饭店，只要好吃干净就好了，想那些干吗呢？"但说完，我立刻感到电话那头有些失望，然后我在电话中用了一个多小时给他提了些建议。后来，我看到一篇报道，某个地区发现陨石，这个地区的一家饭店把与陨石毫无关系的拌饭、面条结合起来，起了"陨石拌饭"和"陨石面条"的名字，并大获成功。由此可见，叙事的热潮似乎永远不会减退。

故事的历史与人类的历史一样悠久，但为什么现在故事的威力如此巨大呢？这并不是因为今天的人们更喜欢故事，而是故事是人们理解复杂多变的世界的最佳工具。

我们可以从多个角度解释和定义人类走过的历史。人类历史可以分为古代、中世纪、近代、现代，也可以划分为原始社会、奴隶社会、封建社会、资本主义社会、社会主义社会。我既不是人类学家，也不是哲学家，但如果说人类以前生活的时代是单一时代的话，那么现在人类正走向复杂时代。

世界从单一时代向复杂时代过渡的契机和动力是数字化与互联网革命。互联网使世界所有地区都实现了实时沟通。它使全世界的人们能感受到彼此的存在；还使人们不受地区和时间限制，共享彼此的文化和生活方式。网络世界既是真实存在的世界，也是用数字打造的虚拟世界。

如果说数字化和互联网是造就复杂时代的动力，那么复杂时代最重要的关键词就是融合。虽然我经常使用这个词，但实际上它却是最难理解的词之一。语言沟通的标准化形式（数字化）和世界范围内的开放与共存（互联网）将不同领域、不同水平的东西结合在一起，使它们在交流碰撞中创造出一个前所未有的新层次的东西，这个过程就是融合。融合的产物所具有的最重要特点就是让我们体验到了迄今为止从未有过的新鲜感。例如，使用率高于电视的智能手机改变了我们的生活，再比如，人们可以通过物联网智能冰箱查看菜谱，或通过无人驾驶汽车体验科幻电影中的某个场面。不过，即便如此，我们仍然很难用易于理解的语言诠释融合一词。这是因为复杂时代本身就令人费解。

有时，客观事实也有让人难以理解的层面。我们不得不把当今时代定义为复杂时代的最主要的原因是隐藏在客观事实背后的真相和判断真相的标准是混乱的。俗话说"无风不起浪"，过去的人们认为"凡事必有因"。但如今，不管是好几个原因还是只有一个原因，原因背后已有太多的故事，因此很难判断原因的对错。这只能怪互联网上的信息太多。如果故事再涉及政治阴谋和思想倾向的话，真相还可能被歪曲或封存在无法接近的黑暗洞穴中。

　　回首过往，在过去的单一时代，长辈、老师、领导、学者和媒体等一直引领着社会的话语权。但如今呢？网络涵盖了人们生活所必需的大部分知识、信息和生活智慧。在过去，即使人们对某种观点有所质疑，但只要是受人尊敬的长者说出的话，大家便会立刻表示支持。但现在无论是谁都能通过网络评判是非，因而很难形成具有社会影响力的话语。由此可见，人们的意识水平、看待时代的眼光和自主性有所提高，不过这也可以解释为什么当今世界不存在能够引领所有人的领导者。

　　故事是虚构与想象的产物。在现实中无法实现的事件，人们梦想和渴望着能通过想象与虚构来实现。在难以分辨善良和正义的情况下，人们凭借故事理解和诠释世界，并形成自己的主观意识。人们会根据哪个故事更有趣、更有吸引力、更值得倾听，来对故事进行取舍。更进一步来说，人们似乎不再好奇真理或真相是什么，反而更关注什么是被期待的真理或真相。

　　故事为消费它的人们提供了蓝图、希望、愿景和幻想，但故事有时也会用谎言来迷惑人们。值得庆幸的是，谎言总有一天会被揭穿，一旦被揭穿，说谎的人便会瞬间被抛弃。然而，谁又能补偿被谎言迷惑的时间和损失呢？因此，我想劝诫众多的故事创作者要真诚地创作故事。

　　很多人正经历着某种缺失，叙事的人应该安慰那些人，鼓励他们追求并实现理想。

　　那么，怎么做才能创作出更好的故事呢？通过什么方法才可以培养和提高写作能力呢？我推荐的方法就是模仿这个时代最优秀的故事和最高水平的作家。

　　电影和电视剧是我们这个时代故事产业的热点。因为这个市场上有大笔资金流入，受众范围也比较广。只有最佳中的最佳的故事，才能轰动全世界，因此故事产业的热点自然就是电影和电视剧。你可以找一些大火影视剧作品，或者即使没大火但被观众评为优秀的影视剧作品，分析和研究这些故事，并思考应该怎样模仿，就有可能达到相应的水平。

　　就像有人隔三岔五到美术馆欣赏优秀的艺术作品，也不能保证那个人一定会成为优秀的艺术家一样。读故事、分析评论故事和创作故事是完全不同的行为。能创作出好故事的人往往也读过和分析了很多故事，但故事读得多，故事分析或评论得好，并不意味着一定能创作出好故事。

创作的才能是与生俱来的吗？

创作者是一种职业。但我们要记住的是，还有比职业和生计更为重要的事情，那就是创作者要成为唤醒世界的号手。虽然生活在这个时代的创作者深受票房和收视率的束缚，但是我还是希望他们能记住，还有比票房和收视率更重要的事，那就是他们有责任抚慰、鼓励生活在不平等、不合理的世界中的人们。现实生活中，很多人遭遇了太多不幸，甚至连基本的需求都得不到满足。这不是个人选择的问题，而是创作者的宿命。

不少人对职业创作者存在误解，认为他们是生活在创造圣地的与众不同的人、生活在云端的孤傲的人。创作者真的是天生具有这种能力吗？当然，在我们耳熟能详的一些作家里，不排除有天赋异禀者，可即便是他们，也都说作家得能坐得住。创作是耐心和毅力的结晶。

在此基础上，我需要再补充一句：在今天这样复杂多变的世界里，作家要努力探索、不断学习。

每个人心底都会有一个能让人或哭或笑、有魅力的故事。每个人既有属于自己的独特世界，也可以用自己的视角和想象力去观察、书写、描绘他人的世界。关键在于，如何将自己的故事转变为可以让大家产生共鸣的故事。这需要耐心和毅力，还需要懂得思考。

在教授文学创作的大学课堂和故事创作的培训班里，老师们很多时候还在强调天赋、直觉和写作才能。所以，大部分时间他们不是在教，而是一味要求写，然后一起评论。这就相当于默认创作者是有天赋的，写着写着天赋就会被激发出来。

我不同意创作者有天赋的论调。这不是说我不认可天赋，而是我认为站在讲台上的人不应该持有这样的见解。如果说在文学和艺术创作中天赋最重要，那么学校到底能教些什么呢？在教授创作者时，难道不应该从信赖出发，使学生相信能力可以通过教育培养出来吗？但我们的创作者教育似乎仍然被陈旧的思想所束缚。

近年来，立足于分析和逻辑的左脑创作，在世界范围内掀起了一股叙事的潮流，应用该创作方法成为大势所趋。它通过严格的分析、计划和设计这一系列过程来创作故事。这个时代需要的不再是过去那样的凭灵感和直觉创作的艺术家，而是能够了解和反映大众及市场要求的故事设计师，或者说是能根据消费者（读者/观众）的喜好和要求去编写故事的故事编辑师。

观察一下好莱坞的电影或电视剧的制片人，便可以发现一个有趣的事实。那就是很少有人只拥有作家这一个头衔，很多人还是制作人、导演、剧本编辑、顾问，每个人都头衔众多。

　　创作者不是上天赐予的，也不是生来就是的，大多是通过创新型教育和训练发掘培养出来的。在我们所知道的优秀创作者中，很少有人认为自己天生就是创作者，更多的人是自己改变了命运。而世界上很多国家忽略了培养创作者的创作技能。

● 学习和培养创作才能的方法

　　2 300多年前，亚里士多德提出了悲剧六要素：情节、人物性格、语言、思想、表演场景、歌曲。这可能是关于故事定义的雏形。现在很多人认为，故事是创作者为了使消费故事的人产生特定的情绪反应，在虚构的人物、事件、背景的基础上，刻意排列情节。在此基础上，我想再补充一点，故事是现实生活中无法实现的欲望的映照和替代品，而"钩子"[3]和情节是故事创作的基石。

　　魔术师是怎样准备魔术的呢？如果他是以叙事的形式来准备魔术的话，那他开场时先会给观众留下悬念，然后进入表演，中间再暂时转换一下气氛，最后做收尾动作来结束，相当于以一种起承转合的故事结构来准备魔术。他准备魔术时会想些什么呢？他应该会想象观众看到魔术后会产生怎样的情绪反应。

　　按照起承转合的顺序，观众的反应大概就是还算有趣或很有趣，被突然的反转和气氛转变吓到或开始期待，惊叹欢呼要求返场表演的过程。魔术师准备魔术的顺序是在表演内容框架下先制订好魔术表演的主

---

[3] 钩子：引起观众方注意力的事件。

题，然后找到观众的情绪宣泄点，再设计好每个阶段的内容（按起承转合呈现故事），最后选择适合的魔术，顺序不能弄反。另外，魔术师在选好适合的魔术并设计好舞台后，要不断排练以免出现失误。

但许多从事故事创作的新人，在还没有准确地设定好故事框架和每个部分内容的情况下，就直接进入具体的创作环节。也就是说，他们会在写作上花费过多的时间。他们认为故事创作就应该那样，甚至只能那样，并乐意那样。直到经历了漫长的岁月之后，他们才明白应该怎样开始叙事，如何创作故事。所以创作新人都很难出人头地或取得成功。但只要稍微用心学习，一切就会变得不一样，创作新人的命运是可以靠学习和研究改变的。

"钩子"和情节就像硬币的两面，密不可分。如果"钩子"没有亮点，就没有架构情节的必要；如果没有巧妙的情节作基础，再厉害的"钩子"也不会绽放光芒。更准确地说，只有情节和"钩子"相辅相成，这样的故事才能带来令人满意的效果。

挖掘故事素材（核心事件）、选择体裁、架构情节等都可以通过探索、反思、学习和研究来习得和掌握。

各种故事理论流派争芳斗艳

在与几位新人合作的过程中，我了解到刚刚起步的创作新人与经验丰富的创作者的工作方式几乎没有差异，都是沿袭写完再改、改完再写的传统工作方式，对此我感到很震惊。

创作新人理应挑战既有的规则，有所创新，可如果还沿用传统的工作方式，这不得不说是一个问题。而且，这不是一两个人的问题，因而我认为有必要与更多的创作新人分享故事创作的实战方法。

我曾把与优秀创作者一起工作时观察到的创作步骤和方法整理成流程图，制订好不同阶段需要的形式和工具，然后与创作新人们一起按照流程图开展工作。但这种工作方法更重视形式和过程，而不是创作内容，必然有其局限性。虽然我在不经意间也学过不少创作方法，但它们要么过于抽象模糊，要么老套得不值一提。总之，那些都是我已经知道的方法，对实际创作的帮助有限。

　　我通过对被称为韩式故事理论先驱的作家沈山的研究，了解到好莱坞有不少故事理论，便立刻着手开始研究。我英语不是特别好，需要借助翻译软件来学习。好莱坞的故事理论可以说是数不胜数，流派众多。大部分理论创始人和实践者都在大学教过书，还在培训机构中进行过故事创作指导。这些人中有小说家、影视剧作家，他们从大学就开始接受这种教育，在实战创作中又能得到各种指导和帮助，真是令人羡慕。

　　亚里士多德的《诗学》是西方戏剧理论的基础，而悉德·菲尔德的结构范式是现代电影故事创作的起点。故事创作需要理论和方法。我在研究了10多个代表性的好莱坞故事理论后，认识到故事创作还需要表达出哲学思想。对此，我一方面感到非常兴奋，另一方面又有些绝望。为了创作故事，我还要学习哲学思想，从黑格尔的哲学思想到现代西方哲学，甚至科学都要学习！这也太难了吧！

　　好在我在大学时了解过很多哲学流派，这给了我很大的安慰，也幸好之前就接触过被称为弗洛伊德继承者的雅克·拉康的欲望理论。这些奠定了我的故事理论的基础。

　　如果问创作者什么是故事、之前听过哪些与情节或故事结构相关的话题，大家都会回答起承转合。实际上，东方的起承转合思想与西方现代故事的四幕式结构是一脉相承的。传统西方故事结构为三幕式结构（开端—中段—结局），但以20世纪70年代悉德·菲尔德的三幕剧结构（开端—对抗—结局）为起点，第二幕被分成前半部分（2—1幕）和后半部分（2—2幕）两个部分，三幕式变成了四幕式。西方的四幕式结构和东方的起承转合有何不同呢？实际上，没有太多不同，东方的起承转合所包含的意思甚至更准确、更具一贯性。

　　于是我产生了要将我们东方的起承转合思想发扬光大的想法。更何况，好莱坞的故事理论在应用于实际故事创作时也有局限和缺点，需要进行必要补充，于是我提出了"欲望的配方"理论。虽然这一理论的表现形式是西方的四幕式结构，但核心却是东方的起承转合思想。

第二章

每个人的内心深处

都珍藏着一个故事

你就是故事的主人公，

你的故事可以让观众又哭又笑。

我这儿有一个很绝的事件，你要听吗？

　　在任何场合，只要我一说自己的职业和制作过的作品，很多人都会感叹："哇！真了不起！"有一次吃饭时，有个人像特工一样凑过来悄声对我说："我这儿有一个很绝的事件……怎么样，你要听吗？"

　　每个人的心里都珍藏着至少一个事件，从自己的经历到道听途说的事件，再或是想象出来的事件，等等。回想起来，我在刚进故事（文化）产业这一行的时候，也曾有想说出来的事件。全世界人口为70多亿，如果每个人都讲述一下自己心中的事件，那么地球就会被人们的话语声震碎，并淹没在事件的洪流之中。

　　世界上的事件数不胜数，但能走出人的内心、见到天日的事件又有几个呢？有人觉得自己的事件没有必要告知全世界，有人只想平静、低声细语地把自己的事件讲出来，但也有人迫切地想让全世界知道自己内心的事件。

我将走出人内心的、且能被制作成大众化或商业化的事件称为故事。不论事件还是故事，本质都是一样的。但我之所以要这样区分，是因为并不是所有的事件都能被制作成大众化或商业化的事件，即故事，对此还望大家谅解。

故事是在虚构和想象的基础上创作出来的。有时即便内容涉及真实存在的人物或事件，故事也不会与真实的人物和事件完全相符。

诗人的职责不在于描述已经发生的事，而在于描述可能发生的事，即按照可然律或必然律判断可能发生的事。历史学家与诗人的差别在于前者记述已经发生的事，后者描述可能发生的事。所以，诗是一种比历史更富哲学性、更严肃的艺术。因为诗倾向于表现带普遍性的事，而历史都倾向于记载具体的事件。

——亚里士多德《诗学》第23章

比起历史（事实），故事讲述的内容应该更富哲学性、普遍性与艺术性。这也告诉我们创作者意图和故事主题的重要性。你如果看过电影《光海，成为王的男人》（2012）的话，便能更准确地理解这句话的意思。这部电影讲述了光海君消失的15天里不为人知的故事，但史书《李朝实录》中并没有记载光海君消失15天的行踪。《光海，成为王的男人》凭借想象和虚构，把没有记录在史册上的历史传说编成了故事。所谓百姓梦寐以求的国王其实正是现在的韩国人所渴望的真正的领导人形象。这部电影可谓是编剧丰富想象力的产物。对很多因政治家只顾满足私利而感到绝望的韩国人来说，这部电影能表达出他们对当下时代不满。

　　所以说，所有的故事都包含了对真实事件的演绎和反思，以及对历史和社会生活的洞察，并在此基础上讲述虚构和想象出的事件和人物。人们更容易理解以故事的形式读到和看到的内容，从而产生更深刻的印象，还会借此对我们的人生进行思考和反思。

　　看过电视剧《阳光先生》（2018）的人们愿意讨论爱国、卖国这些问题，这一现象反映了人们从虚构与想象的故事中看到了什么，以及想看到什么。亚里士多德之所以说"诗是一种比历史更富哲学性、更严肃的艺术。因为诗倾向于表现带普遍性的事……"，我想他所指的并不仅仅是针对作品本身，他更想说的是创作者应该以怎样的心态面对创作。

纯艺术与商业艺术有什么区别？

　　文化艺术创作是自由的灵魂与个性的产物。正因为如此，很多人认为文化艺术的本质在于创新和进步，创作者是自由主义者和进步主义者。不过，这种看法其实是一种偏见，是固化思维。众所周知，从奴隶社会到中世纪封建社会，文化艺术一直都是贵族专享的。即使是创作者，在面对生计问题时也无法超然。文化艺术创作者是靠贵族们金库里的钱才解决了温饱问题。

　　以前的创作者只有两种选择，即要么成为远离尘世的隐士，要么和富人统一战线。回想一下那些留下名作的创作者，大部分都是站在贵族（有钱人）、教会（权力）一方，为他们进行艺术创作。无论个人持有怎样的价值观，生计问题是任何人都无法避免的，从这一点来看，西方近代以前的大部分艺术家都是保守主义者。

　　进入资本主义时代之后，文化艺术创作者开始反抗权力，追求自由、平等。如果说资本主义时代以前，文化艺术最主要的消费者是贵族、教会人员和当权者，那么在进入资本主义时代以后，随着大众传媒的进步、文化产品制作技术和传播方式的发展，大众消费时代到来了，占消费主体99%的民众压过占消费主体1%的当权者，成为主要消费者。

看电影时，不会因为你是有钱人就要多掏钱，读书、看电视亦然。如此看来，所谓纯艺术是以有钱人为消费主体的观点，是封建时代的产物。纯艺术作品虽然通过拍卖制度等形成了自身固有的市场，但随着时间的推移，注定会走向没落。因此，纯艺术作品也开始依靠资本主义的批量生产系统，探索新的出路，并且为了迎合绝大多数民众的喜好，逐步偏向诙谐风趣的风格。不论是20世纪50年代萌发于英国、50年代中期鼎盛于美国的波普艺术，还是80年代美国涂鸦艺术代表人物凯斯·哈林等人，从他们的作品中我们可以明显看出年轻人追求独立个性的风潮。

偶尔会看到有故事创作者强调作品要反映创作者的精神世界，这样的作品才具有艺术性。即使得不到广大消费者的喜爱，这类人甚至也想被冠以高贵的艺术家之名，这种野心究竟源自哪里呢？难道这也是封建时代的产物？也许是吧。就像有人会不经意地说出自己的家谱，炫耀自己的祖先是多么优秀一样，创作者可能是为了体现自己天赋异禀的优越感，也可能是为了炫耀自己作品的不凡，即便他的作品不被大众认可。事实上，这反而可能暴露创作者自己的恐惧，害怕他人发现自己的作品对大众和市场认识不足，以及自己相应能力的缺失。

纯艺术作品也可以用金钱来衡量其价值，那用什么样的标准来区分纯艺术与商业艺术呢？我认为，纯艺术与商业艺术没有本质区别。无论是否被称为艺术家，创作者最重要的是认清自己的时代使命及作用，以及创作的本质。创作并非讲述创作者自己想说的事件，而是要讲述世人想看到或听到的事件。创作者之所以伟大，是因为创作者为生活在充满遗憾的世界里的人们创造了他们想要看到的世界，并把他们邀请到这个世界里来，哪怕只是短暂地享受一下。

史蒂文·斯皮尔伯格一开始是一名电视剧导演，后来因为电影《大白鲨》（1975）在全世界票房大卖而名声大噪。他作为导演制作并策划过的名作不胜枚举。其中最特别的当属电影《辛德勒名单》（1993）了。之前被定位为商业电影巨匠的导演突然开始制作揭露犹太人被屠杀的严肃历史题材电影。

在《辛德勒名单》的制作发布会上，斯皮尔伯格透露自己是犹太人，也许《辛德勒名单》之前的作品都是斯皮尔伯格为了使这部电影能够按照自己的想法制作而做的铺垫。为了做自己想做的艺术而成为最商业的导演，真是令人肃然起敬。

我认为，资本主义时代以前的创作者满足了贵族和教会的要求，属于保守主义者。而在进入以大量生产—大量消费为特征的资本主义时代后，创作者满足了占消费主体99%的民众的要求，成了进步主义者。从这一点来看，当今最具魅力的故事到底是什么呢？答案显而易见，能刺激占全世界消费主体99%的民众的感官并受到他们的喜爱，满足民众要求的故事，就是最具魅力的故事。

打开故事之门的钥匙：
素材、主人公、题材、一句话梗概

　　我们前面讲到了事件和故事。按照我个人的定义，事件是埋藏在内心深处，想给别人听的；故事是想与他人分享并获得对方共鸣的，甚至是要用来赚钱的，具有商业性。这两个词有不同的侧重点，所以我们要有所区分。

　　假设我们在旅途中被碰到的一幢房子所吸引。这会是幢什么样的房子呢？应该是外形、色彩、设计等都非常漂亮或独特的房子。能让人印象深刻并产生要拥有它的想法的房子，应该是我们平时很难看到的、让人感到新颖或眼前一亮的房子。用故事来类比的话，这种漂亮或独特的外在要素就相当于是引人注目的"钩子"。

　　假设我们受到房子主人的邀请，开始参观屋内。我们打量客厅、厨房和卧室，这时真正要观察的要素是什么呢？比起相当于"钩子"的新颖与独特之处，我们还会观察居住舒适度、温馨程度等功能性要素。如果我们感到舒适和愉悦，这时我们的感受就是"我也好想住在这样的房子里啊"。用故事来类比，这些令人满意的功能性要素就是情节。这样一来，故事创作就成了"钩子和情节的魔术"，而故事创作者则是"钩子和情节的魔术师"。

作家，其实就是盖房子的人。但问题是现在要建的房子是仅供自己一个人住呢，还是要与其他人一起住呢？假若要修建与其他人共住的房子，就不能只想着自己是否喜欢，还要考虑是否能让其他共住人感到温馨和愉悦。更何况作家建造的不是现实的房子而是心灵的房子——想象中的世界。打造一个新颖有魅力的世界固然重要，但能让多少人舒适地在此驻足也很重要。现实的房子的面积和设计都是定好的，但心灵的房子的大小和设计该如何设定呢？这是一个重要的问题，也是一个亟待解决的难题。

人们会根据什么样的标准来选择小说、戏剧、电影、电视剧呢？你可以回想一下自己最近看过的几部作品，再仔细想想为什么会选择它们，答案就显而易见了。你会发现，作家、导演、演员、海报、预告片等故事外在的营销要素起着重要的作用。制片人要靠票房赚钱吃饭，而票房是由观众决定的，因此制作人制作电影时，会下血本邀请有名气的作家、导演和演员。

那么，抛开作家、导演、演员的名气不谈，只看故事情节的话，你会从哪些方面去判断要不要看某部作品呢？如果在事先不知道电影情节的具体信息的情况下，却产生了"我想看这部电影""不知为什么感觉这部电影会很有趣"的想法，是因为哪些方面打动了你呢？对此我对观众进行了采访，发现主要取决于以下几点：第一，对特别事件和话题，即素材的期待；第二，对特别的主人公的好奇心，尤其是那些已长久存在于人们记忆中的真实人物；第三，对类型的偏好，比如科幻、恐怖、喜剧等类型的故事，相关类型的爱好者会无条件观看；第四，电影的一句话梗概或概念。

现在让我们重回创作者视角。创作者应该怎样操作和处理，才能使自己的故事大获成功呢？

第一，为了吸引人们的注意，要在上述基础上使故事给人留下深刻的第一印象。不管故事中的事件、主人公、类型有多么特别，决定要不要看下去的最重要的因素就是一句话梗概。而且，一句话梗概体现了整个故事的内容和形式，再怎么强调也不为过。作品的题目在很大程度上起到了吸引人的作用。所以我建议，要想给作品起一个耐人寻味的题目，就要反复推敲一句话梗概和概念。

高概念电影①是典型的仅凭一句话梗概和概念就能引起人们关注的故事。例如，好莱坞电影《黑客帝国》（1999）的高概念是假如我们的世界是人工智能机器打造的黑客帝国的话，我们的生活会怎样？这样一句富有挑战性的提问，就足以引起人们的关注和期待。

第二，人们推开故事之门，走入创作者打造的世界，可能看到的

---

① 高概念电影：是指以美国好莱坞为典型代表的程式化的电影制作模式。目前电影制片研究领域认为最科学系统的表述源自美国学者贾斯汀·怀亚特，他认为高概念电影需要具备以下几个要素：第一，必须由著名的导演或影星领衔，或两者同时具备；第二，故事的情节简明清晰，一句话就可以概括；第三，营销主题必须单一、重复出现；第四，该影片应该能够与先前流行的畅销电影紧密挂钩；第五，该影片应具备商品授权的前景。

是空洞的院子，也可能看到的是用美丽的花草树木打造的自然景观。哪个世界更有魅力，更值得期待，想必无须多言。如果自然景观正中还有盛开着荷花的池塘，石桥、亭子、荷塘彼此相映成趣，那就更是锦上添花了。如果对应一部小说，这就相当于小说的前五页；放在电影或电视剧中，就相当于开头的5分钟，在这部分必须要使出撒手锏。那么，故事的前半部分应该包含哪些内容呢？首先要介绍主人公，这就是我的故事理论24个单元格情节结构中所说的人物优先的结构。有时候，即便题目有些模棱两可也没关系，但人物优先的结构如果模棱两可的话，那整个故事就让人无法理解，也让人难以忍受。不过，由于这一部分要介绍的是故事发生的时间、背景和主人公，因此从本质上来看，很难带给观众乐趣。虽然"只要熬过这段时间，呈现给大家的将是一个精彩的世界"，但也很有可能是"穿越隧道后，四下无人，只有创作者独自站在那里"。因此，为了避免发生这种情况，在制订这一部分的策略时要非常慎重。

　　第三，参观完故事屋的人一个个都离开了。如果有人说"下次我想和朋友们一起来"，那就说明故事成功地满足了他的需求。只要创作者跨越了第一个和第二个障碍，剩下的就是在设定好的情节的基础上，用各种有趣的内容去充实故事。读过或听过这个故事的人，就是该故事最忠实的传播者。如果说趣味性和功能性相当于故事的食材，那么情节结构就相当于装着故事的餐具。虽然情节结构也很重要，但消费故事的人能记住的不是餐具，而是食材。那么，创作者要从何处、怎样寻找故事的食材（素材）呢？

故事创作的基础——素材

应该从哪里挖掘故事创作的基础——素材呢？只有在极其幸运的情况下，灵感和创意才会一下子浮现在创作者的脑海中。因此，所有的创作者无论是走在路上，还是与人见面，又或是读书看报，甚至是睡觉的时候，都时刻神经紧绷，期待着灵感和创意会自动找上门来。虽然我相信这种幸运并不是突然降临的，而是创作者自己创造的，但还是希望创作者在四处寻找新素材时，都能有意想不到的收获。

我曾在美国作家协会（WGA）官网查阅到了两份宝贵资料——《电视剧认证手册》和《银幕认证手册》，这些资料中对故事的素材有着详细的介绍。以下是上述资料中关于素材的介绍，可给予我们重要启示。

① 原创素材

原创素材指的是电视剧剧本或电影剧本最初编写时创作者所参照的

所有材料。即，在电视剧剧本和电影剧本创作之前出版或发表的作品。原创素材的范例有话剧、小说、原创故事、策划方案、已经写好的电视剧剧本或电影剧本，等等。此外，要准确标明获得素材的方法和形式。但创作者在最初策划阶段向制作方收取报酬而写的策划方案或初稿，并不属于原创素材。

② 二次创作素材

二次创作素材指的是改编故事、故事大纲、电影剧本、电视剧剧本、分镜剧本、故事梗概、策划方案、真实故事等。

《银幕认证手册》中指出：话剧、小说、电视剧、电影、策划方案、真实故事等都属于故事的原创素材。除此之外，历史事件和历史人物也是能触发灵感和创意的绝佳素材。最近，网络漫画和网络小说等网络作品成了创作者最喜爱的原创素材。阅读那些由传统原创素材改编成的小说和漫画（漫画书、图像小说）也令人愉悦。关键是要经常翻阅这些原创素材，才能激发出自己独特的灵感和创意，并以此为基础构思和创作属于自己的故事。即便是习作，创作者也不要把时间和热情投入到缺乏现实性的素材上，要以大家普遍喜爱的原创素材为基础进行练习。

若想做一些更有挑战性的工作，还可以考虑创作电影、电视剧的续集或外传。你可以向相关制片公司或工作室投稿，谁会不喜欢有魅力的故事呢？之后，你既可以以创作者的身份参与制作，也可以干脆把自己的故事出售。只要对自己有信心，没什么不可能！

新奇有趣的故事能出人意料地通过多种形式表现出来。每当看到很多创作者以所谓习作之名，绞尽脑汁地创作一些不值一提的故事内容时，我总是为他们感到惋惜。虽说这样做也不是没有意义，但就算是习作，如果不把故事以高概念电影为目标进行创作的话，就很难说是好的习作。

在故事产业中并不存在循序渐进的阶梯。在这个行业里，你创作的第一部作品可能就是你人生的代表作。你就像是搭乘了没有其他人的电梯，从1楼直达10楼或更高的楼层，这就是故事产业。虽然这么说有可能使你产生赌博心理，但这确实是故事产业中创作者们的特权。

人们总是非常关心历史故事。韩国文化产业振兴院从2009年开始举办的"韩国内容大赏"，是韩国奖金最多的、最具权威性的大赛，也是创作新人们出人头地的大好机会。该大赛每届都能收到2 000多篇作品，在经过初审和终审后，最终由评审委员们评选出获奖作品。我曾作为评审委员参加过5次评审，每次我都会指出历史题材作品过多。在选择有魅力的故事时，或许不该计较它是历史题材还是现代题材。从现实角度来看，历史题材作品的制作费用较高，且很难进军海外市场。

创作者为什么如此偏爱历史故事呢？因为历史记录本身已经包含了很多故事，素材比较好找，因此创作者在发掘和诠释特定历史事件或人物的当代意义（即进行主题设定）时，不必花太多的心思。

以我自己为例，一般在策划历史题材作品或历史故事时，我会首先利用网上的百科词条和历代纪年表等，收集该时代或人物的主要事件，然后将其制成表格。这样一来，就能知道什么时间发生了什么事件，主人公和反派人物的年代表也一目了然，还能知道同一时期中国、日本、美国和英国又发生了哪些事件、历史走向是怎样的。

　　例如，朝鲜王朝的褓负商（贩卖工艺品和生活用品的商贩）最为活跃的时期是在万历朝鲜战争（1592～1598）后的16世纪末。朝鲜王朝第十五任君主光海君（1575～1641）时期颁布了大同法，促进了经济发展，后来18世纪左右，朝鲜半岛出现了1 000多个大大小小的集市，商业贸易发达。我们应该怎样来诠释褓负商的商业活动呢？回顾一下当时西方的历史，便很容易找到答案。哥伦布的大航海（发现美洲大陆）于1492年开始，1504年结束。此后，欧洲国际贸易（实际上是侵略式的殖民地开拓）快速发展，海外市场扩大。从17世纪末到18世纪初，很多国家沦为了欧洲的殖民地。消费市场的扩大需要生产规模随之扩大，于是英国于1720～1820年进行了工业革命，法国于1789～1794年掀起了法国大革命，从这些历史事件来看，彼时商业的发展繁荣与社会的发展进步（从封建社会向资本主义社会转变）密不可分。

　　17世纪初中期的朝鲜半岛发生的事件与17世纪欧洲发生的事件相比，我们可以发现当时的东西方在经济、社会发展阶段上并没有太大的差距。同一时期西方发生过的事件，完全可能发生在朝鲜半岛。那么在故事创作中，借助西方的例子展开想象，故事的想象空间就会变得更加广阔，也更容易创作一些新故事。所以说，历史中有很多故事素材。创作者创作历史题材作品时，必须先将历史事件整理好后再创作故事，这也是历史题材作品比较难创作的原因之一。

　　调查和研究历史人物和事件需要出色的解读能力和丰富的想象力。我曾与韩国第一代影视剧剧本作家林忠先生（2017年逝世）以朝鲜王朝时期的盘骚里大师申在孝（1812～1884）为素材，共同进行过故事创作。在整理申在孝年谱时，我们发现了一个有趣的事实：1894年爆发的甲午农民战争（东学党起义）的领导者全琫准（1854～1895）生于全罗北道高敞郡，年轻时靠卖药为生。而申在孝家从父辈开始便在高敞郡经营官药房，是当地的首富。官药房相当于今天的制药公司，如果一个地方没有很多家官药房，那么全琫准年轻时一定与申在孝有过交集。相对来说，申在孝的知名度较低，如果能把他和全琫准联系到一起的话，想必会对票房有所帮助。

　　我在策划故事时，设定全琫准年轻时在申在孝家的官药房工作，也就是在这个时候，他与当时领导农民起义的首领们产生了联系，这也成了他被恶党攻击的借口。像这样，在对历史事件进行调查、研究和取证后，就可以不局限于真实的历史事实而尝试展开无限遐想，打造一个全新的故事。

创作者是怀揣疑问，提出问题的人

　　就像前面说过的那样，能够令人展开无限遐想的是高概念电影故事，即在"如果……，会怎么样？"的设问上发挥想象力而展开的故事。电影《猩球崛起》（2011）的故事始于"如果黑猩猩的智力和人类的一样，会怎么样？"的设问，电影《绝世天劫》（1998）的故事始于"如果大小足以摧毁地球的彗星以惊人的速度撞上地球的话，会怎么样？"的设问。而电影《汉江怪物》（2006）的故事始于"如果汉江出现怪物，会怎么样？"的设问，《釜山行》（2016）的故事始于"如果韩国出现丧尸，会怎么样？"或"如果和丧尸一同乘坐前往釜山的高铁，会怎么样？"的设问。

　　问题是要确保这些设问在现实中的可能性。以《猩球崛起》为例，假设猩猩的智力和人类的一样，是否可行呢？大脑中与知觉、空间推理、意识及语言等高级功能有关的皮质部分被称为新皮质，人类大脑中新皮质占据大脑皮质90%以上的区域，黑猩猩大脑中新皮质占据大脑皮质72%以上的区域。就因为这18%的差异，人类和黑猩猩被区分开来。这就引起了人们的好奇——如果改变这18%，那么黑猩猩是不是也能拥有和人类一样的智力呢？这就是《猩球崛起》的可能性。

但这并不意味着在现实中的可能性必须得到科学验证或完全符合科学。谁都可以说出幻想中的问题，只要能让人接受或理解就足够了。电影《黑客帝国》所蕴含的哲学与庄子的蝴蝶梦有相通之处。无论东西方，人们都会产生相似的想法，所以故事便可以在更为广阔的想象空间展开。故事创作者应该时常对现实中的事物怀有疑问，并提出问题、做出解答。这是创作者应该欣然面对的挑战性课题，也是创作者的义务和宿命。

我参与制作过的作品当中，最喜爱的作品之一就是电视剧《不良主妇》（2005）。这部电视剧改编自漫画《不良主妇日记》，讲述了一位丈夫的"主妇生活"，颠覆了传统意义上对性别与角色的固定认知，无论是漫画还是电视剧都获得了成功。而《妻子结婚了》（2006年小说出版，2008年拍成电影）这部作品的名字就挑战了人们的观念。故事创作就是这样从创作者对常识性问题始终怀有疑问而开始的。

素材无处不在，无时不有，一切都可能成为创作者的素材。从一个素材中也可以发掘出很多故事。2011年4月12日，韩国农协银行电算网的资料遭到大规模破坏，该事件非常严重，造成了部分业务中断数日，直到4月30日才恢复正常。4月18日，农协银行方面透露很可能是网络黑客攻击。当时正值李明博政府进行四大江治理工程②，此事又引发了更多骚乱，虽疑点重重，最后却又不了了之。

看到这里，大家不觉得有什么蹊跷吗？2018年11月，位于首尔西大门区的韩国电信公司阿岘分公司地下室的通信设备发生火灾，导致附近地区的通信全部中断。当今世界对无线通信和互联网的依赖程度如此之高，大家快发挥一下想象力，考虑一下发生这种火灾的原因及可能造成的影响吧。很多时候，阴谋论式的想象会创造出有创意的故事，所以有时我会半开玩笑地劝说创作者"用阴谋论去想象世界"。

2000年2月9日，美国第八集团军龙山基地太平间负责人艾伯特·马克法兰下令，将20箱装的480瓶（共228升）尸体防腐剂——甲醛倒入泔水池。有毒物质甲醛就这样经过毫无净化设施的龙山基地下水道流入了汉江。2000年7月，韩国绿色联盟组织向检察机关举报了马克法兰，但检察机关和法务部却推迟了起诉，直到2001年3月才进行了起诉，提请对马克法兰罚款500万韩元。随后，韩国法院于当年的4月5日正式要求马克法兰出庭受审。但事件的当事人马克法兰以《驻韩美军地位协定》（SOFA）为借口，表示"这是在履行公务时发生的事件，审判权不在韩国，而在美军"，拒绝出庭接受审判。

对此，韩国法院坚定地表明了必须审判的立场。最终，几经波折，2003年12月12日韩国法院举行了首次审判，这时距离事件发生已经过去了3年10个月，距韩国检察机关正式提起诉讼过去了2年9个月。美军当局

---

② 四大江治理工程：李明博政府时期推动的一项事业，2008年12月开始实施，针对韩国的四大江，即汉江、洛东江、锦江、荣山江开展的一项全国性综合治水工程。

表示，无法确认马克法兰是否还居住在美国第八集团军军营内，因此一审以缺席审判的方式进行。韩国法院于2004年1月9日判处马克法兰有期徒刑6个月，这比检方建议罚款500万韩元的量刑要重。最终，2005年1月18日，首尔中央地方法院刑事抗诉1部在二审中宣判马克法兰有罪，判处其有期徒刑6个月，缓期2年执行。这就是电影《汉江怪物》的诞生背景。阴谋论式的想象造就了一部精彩的电影。

每当发生引起世界动荡的事件时，请质疑并想象一下："为什么会发生这样的事件呢？""该如何解释呢？""是谁做的呢？"通过不断提出问题，寻找答案并做出解答，你可以认真探寻并投入到有意义的研究中，也可以从阴谋论的角度发挥一下想象力。我相信在反复对问题做出解答后，你的脑海中定会浮现一个有魅力的故事。

但在创作故事时，素材不过是体现创作者想对这个世界说的话，即体现主题的一种手段而已。真正重要的是要说什么、想说什么，也就是故事的主题。如果没有定好主题，那么素材就失去了方向而没有存在的意义。创作者应该对我们生活的世界时常怀有疑问，提出问题，并寻找自己的答案。最为重要的是，要找出那个能让很多人产生共鸣并认可的期待中的答案。

有趣的东西、制造各种快乐的东西

有一位年轻作家，梦想着能成为电视剧作家。有一天，他遇到了一位电视台的电视剧制片人，就怀着激动和兴奋的心情问道："怎样才能把我的作品制作成电视剧呢？"

制片人半开玩笑地回答道："好好写就行了！"

他又问："您说的好好写，是指怎么写呢？最重要的标准是什么呢？"

得到的回答依然没有什么两样。

"没什么特别的，有趣就行了！"

至于有趣是什么，又该怎么做，年轻作家最终也没能从制片人那里得到明确的解释。很多从事电视剧、电影、话剧、网络文学等故事产业的成功人士都会说："成功的原因？没什么特别的吧！要说有的话，就是一定要有趣！"年轻作家又不能指责制片人，就只好背后自己发牢骚："那到底什么样才算有趣啊？怎么写才能创作出有趣的故事啊？"另一边，制片人也转过身来抱怨："明明是作家的事，为什么反来问我啊？有趣是什么，要是三言两语就能说明白，那我早去当作家了！"

对于已完稿的故事，我认为判断它是否有趣并不难。这就像我们在游乐园玩完各种游乐设施后很容易判断它好不好玩，也像我们在餐厅吃完饭后很容易判断饭菜是否好吃一样。即便不是专家，也可以判断某种结果（成果）是好是坏。但我们最关心的事件应该制作成什么样的故事以及怎样制作，才能让很多人感到有趣和快乐。到底有趣是什么，答案要去哪里找呢？

厨师如何判断自己做的菜好不好吃呢？菜做好后，让客人吃一下便自有结论。对客人的口味了解了，就知道客人的口味是什么样的，并尽力把菜做得符合客人的口味。故事的创作者也要像厨师一样不断尝试，积累经验。但遗憾的是，这样的机会并不多，所以我们只能采取一些稍微不同的办法。那就是在发挥想象力之前，先研究、分析这个世界和人类，然后据此进行推测。如果感受到乐趣并最终做出判断的主体是那些消费故事的人，那你就有必要深入了解人类寻找故事主题的理由。如果所谓的有趣，只是让人花上几个小时坐在电影院里或电视机前哈哈一笑，那就太荒唐了。当故事涉及的内容和主题过于沉重严肃时，人们心里一定会感到不舒服。同样，人们也不关心那些没什么营养、可以一笑了之的浪费时间的故事。

我们根据美国心理学家马斯洛提出的马斯洛需求层次理论，探究人们想从故事中获得怎样的乐趣。马斯洛在《动机与人格》和《存在心理学探索》中回答了人类的行为动机是什么。如果这一理论可以对人类的行为做出解释，那么是否也可以用来解释人类消费故事的选择行为呢？
一开始马斯洛需求层次理论分为5个层次，但马斯洛在最初的5个层次的
基础上，又增加了认知需求、审美需求和超越需求，构成了8个层次。
在本书中，我们仅把我们熟悉的5个层次的需求运用到对故事需求的分
析中。

马斯洛需求层次理论

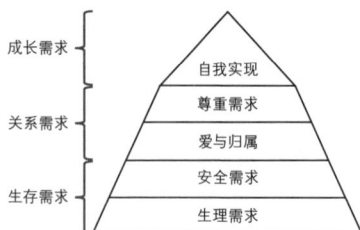

成长需求		自我实现
关系需求		尊重需求
		爱与归属
生存需求		安全需求
		生理需求

从故事中寻找到的乐趣	示例
通过反思人生获得的乐趣	通过故事反思自己（作为社会人）的人生
思考和交流的乐趣	思考并交流社会热点及时代需求
归属的乐趣	和家人、爱人、朋友一起消费并感到开心
安全体验的乐趣	虚拟体验英雄的人生（行动、爱情、挫折、冒险等）
原始的乐趣	原始的刺激（色情片／恐怖片），消磨时间，习惯性消费等

　　每个人喜好不同，通过故事想获得或已获得的乐趣也各不相同。因
此，创作者应该先想好自己的故事能带给什么样的人群什么样的快乐。
还要记住，前表中列举的5个层次的需求中，自我实现是人类追求的最
高需求，"从故事中寻找到的乐趣"中"通过故事反思自己（作为社会

人）的人生"是最高级的乐趣。

也许你看完一部电影、电视剧、小说、戏剧或音乐剧后，会说"真有意思"或眼眶泛红地说"好感动"。请仔细回忆一下，是什么样的内容让你发出了这样的感叹。想必这个故事讲述的内容是位于最高层次的"通过故事反思自己（作为社会人）的人生"。其实，从韩国观看人数达千万的电影中可以发现一个有趣的事实，那就是这些电影所讲述的故事都清一色地真挚而严肃。人们要通过电影或电视剧了解世界，并从中吸取人生智慧和教训。

美国人是怎样的呢？本部分在1937～2017年美国票房排行榜TOP100中，选出前30名，制作了第52页的表格。通过该表，大家可以看出美国人对故事的喜好比韩国人更丰富多彩。

与喜好多样的美国人相比，韩国人对故事的喜好非常特别：韩国人都喜欢真挚、严肃、悲壮的故事。不过，对于这个现象，我不悲观，正是韩国人特殊的故事喜好成就了当今全球的"韩流"盛行。

1937 ~ 2017 年美国票房 TOP30 电影 （截至 2017 年 6 月初）		
美国票房 TOP30 电影 （美国国内销售总额） * 不考虑通货膨胀	美国票房 TOP30 电影 （美国国内销售总额） * 考虑通货膨胀	美国票房 TOP30 电影 （世界销售总额）
1. 星球大战 7: 原力觉醒（2015）	1. 乱世佳人（1939）	1. 阿凡达（2009）
2. 阿凡达（2009）	2. 星球大战4: 新希望（1977）	2. 泰坦尼克号（1997）
3. 泰坦尼克号（1997）	3. 音乐之声（1965）	3. 星球大战 7: 原力觉醒 （2015）
4. 侏罗纪世界（2015）	4. 外星人 E.T.（1982）	4. 侏罗纪世界（2015）
5. 复仇者联盟（2012）	5. 泰坦尼克号（1997）	5. 复仇者联盟（2012）
6. 蝙蝠侠: 黑暗骑士（2008）	6. 十诫（1956）	6. 速度与激情7（2015）
7. 星球大战外传: 侠盗一号 （2016）	7. 大白鲨（1975）	7. 复仇者联盟 2: 奥创纪元 （2015）
8. 美女与野兽（2017）	8. 日瓦戈医生（1965）	8. 哈利·波特与死亡圣器（下） （2011）
9. 海底总动员 2: 多莉去哪儿 （2016）	9. 驱魔人（1973）	9. 冰雪奇缘（2013）
10. 星球大战前传 1: 幽灵的威 胁（1999）	10. 白雪公主和七个小矮人 （1937）	10. 美女与野兽（2017）
11. 星球大战4: 新希望（1977）	11. 星球大战 7: 原力觉醒 （2015）	11. 速度与激情8（2017）
12. 复仇者联盟 2: 奥创纪元 （2015）	12.101 忠狗（1961）	12. 钢铁侠 3（2013）
13. 蝙蝠侠: 黑暗骑士崛起 （2012）	13. 星球大战 5: 帝国反击战 （1980）	13. 小黄人大眼萌（2015）
14. 怪物史莱克 2（2004）	14. 宾虚（1959）	14. 美国队长3: 内战（2016）
15. 外星人 E.T.（1982）	15. 阿凡达（2009）	15. 变形金刚3（2011）
16. 饥饿游戏2: 星火燎原 （2013）	16. 星球大战 6: 绝地大反击 （1983）	16. 指环王: 国王归来（2003）
17. 加勒比海盗: 聚魂棺 （2006）	17. 侏罗纪公园（1993）	17. 007: 大破天幕杀机（2012）
18. 狮子王（1994）	18. 星球大战前传 1: 幽灵的威 胁（1999）	18. 变形金刚4: 绝迹重生 （2014）
19. 玩具总动员 3（2010）	19. 狮子王（1994）	19. 蝙蝠侠: 黑暗骑士崛起 （2012）
20. 钢铁侠 3（2013）	20. 骗中骗（1973）	20. 玩具总动员 3（2010）
21. 美国队长 3: 内战（2016）	21. 夺宝奇兵（1981）	21. 加勒比海盗: 聚魂棺 （2006）
22. 饥饿游戏（2012）	22. 毕业生（1967）	22. 星球大战外传: 侠盗一号 （2016）
23. 蜘蛛侠（2002）	23. 幻想曲（1940）	23. 加勒比海盗: 惊涛怪浪 （2011）
24. 侏罗纪公园（1993）	24. 侏罗纪世界（2015）	24. 侏罗纪公园（1993）
25. 变形金刚 2（2009）	25. 教父（1972）	25. 海底总动员 2: 多莉去哪儿 （2016）
26. 冰雪奇缘（2013）	26. 阿甘正传（1994）	26. 星球大战前传 1: 幽灵的威 胁（1999）
27. 哈利·波特与死亡圣器（下） （2011）	27. 欢乐满人间（1964）	27. 爱丽丝梦游仙境（2010）
28. 海底总动员（2003）	28. 油脂（1978）	28. 疯狂动物城（2016）
29. 星球大战 3: 西斯的复仇 （2005）	29. 复仇者联盟（2012）	29. 霍比特人: 意外之旅（2012）
30. 指环王: 国王归来（2003）	30. 007 之霹雳弹（1965）	30. 蝙蝠侠: 黑暗骑士（2008）

价值性趣味和功能性趣味

韩国电影《辩护人》（2013）为什么会大获成功呢？难道是因为人们关注总统卢武铉，他很有人气吗？还是因为电影故事涉及大家都喜欢的历史人物，所以就能保证票房大卖吗？——这些并不是成功的充分必要条件。那是因为演员宋康昊真实自然的演技吗？但并不是宋康昊出演的电影都能大获成功，所以这也不是成功的充分必要条件。事实上《辩护人》的成功只是因为故事本身很有趣。有趣并不只是单纯让人哈哈一笑的功能性趣味（功能性要素），价值性趣味更重要。

什么是价值性趣味呢？这种趣味指的是我们能对故事所要表达的主题产生共鸣、认同和反思的乐趣。我们先是与主人公面临有同样的缺失和痛苦，并与主人公在情感上产生共鸣，进而认同主人公的行为（欲望），然后反思"如果我是主人公，会怎么做呢？"最后得到情感上的宣泄，这才是价值性趣味。

《辩护人》中律师宋佑硕（宋康昊饰演）生活在险恶的军事独裁统治下，每天都忙于解决眼前的温饱问题，根本无暇感受时代的变革。他梦想能住进高档的公寓，买艘游艇，过上富足的生活。作为一名平凡的律师，他卷入了给劳动者当夜校教师的大学生（镇宇）的荒唐悲剧中。一开始，他相信法律是正义的，并试图纠正错误，但最终他意识到腐败的军事独裁政权制造了黑暗的时代，因此不顾自身安危，抛开自己的小家，投身于反独裁的民主运动。这部电影通过一个普通人变成致力实现社会公平正义的民主斗士的过程，使人得以回顾历史，回顾一位没有选择对时代的痛苦视而不见的英雄的步伐。

电视剧尤其注重价值性趣味。价值性趣味虽能带给人们反思，让人们的情感得到宣泄，但本身过于真实且严肃。此时，就要发挥功能性趣味的作用。功能性趣味可以让价值性趣味造成的过于真实且严肃的气氛变得舒适又快乐。搞笑镜头、动作场面、推理情节等要素就像调味剂一样发挥作用。从最近的流行趋势来看，电视剧从一开始便用让人紧张的速度、壮观的场景等作为重要的功能性趣味，发挥作用。无论价值性趣味再怎么重要，如果没有功能性趣味相配合，就如同吃饭时没有菜只有米饭。而饭煮得再好，也要配上可口的菜肴才行。

剧本创作软件DramaticaPro为好莱坞的创作者提供了寻找题材的方法——创作者的购物清单——题材。故事情节体现的是价值性趣味，题材（故事的核心要素）体现的是功能性趣味，能与消费者产生情感共鸣。第55页表格列出的内容比我们一般认为的题材的概念范围要大得多，可以帮助我们准确了解创作者创作的故事属于哪一种范畴（题材）。在此基础上，还能帮助我们理解特定题材应当遵守的固有个性和特色，以及如何寻找故事创作的规则。

● 如何增强故事的趣味呢？

无论创作哪一种类型的故事，故事创作者都需要构思故事的素材和线索。在创作故事之前，我建议先制作思维导图。思维导图原本是指以一个关键词为中心，使思维像蜘蛛网一样延伸和扩展的过程图，这种方法可以帮助我们展开各种各样的想象，相当于一种头脑风暴法。

剧本创作软件 DramaticaPro 的故事理论

剧本创作软件	状况（地点）	活动（身体）	不变的态度（思想）	控制·偏见（心理）
信息	事件	发展	目的	意义
	对过去时、现在时、进行时、未来时的事物状态进行的测试	对执行某个特定进程进行的测试	对上下文的意见和观点进行的测试	对上下文中的个人生活的价值体系进行的测试
	纪录片、历史/古装剧	教育性、启蒙性的信息	给予灵感、赋予动机	说服、鼓吹
电视剧（需要探索的事项）	犯罪推理类电视剧	动作类电视剧	概念类电视剧	剧情类电视剧
	对事物状态是如何失衡进行的探索	对正在进行的活动会引发什么问题进行的探索	对相反的态度引发的矛盾种类进行的探索	对因身份变化出现的困难，并克服困难进行的探索
	法庭（法律）、犯罪（监狱）、学校（教室）	间谍、战争	固有观念、偏见	问题家庭
喜剧（幽默）	状况搞笑	肢体搞笑	态度搞笑	误解搞笑
	使人物处于困境引发的笑点	因摔跤、滑稽的舞步和肢体动作等引发的笑点	因荒谬的态度、偏见或固执引发的笑点，通常也被称为客厅喜剧	因误解或（心理层面上的）误会引发的笑点
	情景喜剧	《三傻大闹宝莱坞》、查理·卓别林的作品等	杰克·本尼或奥斯卡·王尔德	莎士比亚的喜剧
娱乐（转换心情）	气氛有趣	因刺激而有趣	有趣的概念	因扭曲而有趣
	由新奇、独特、有趣的设定或背景所制造出	由新奇、独特、有趣的活动/经历所制造出	由新奇、独特、有趣的想法所制造出	由新奇、独特、有趣的形式所制造出
	灾难片、奇幻片、喜剧片、音乐剧、科幻片	动作片、惊险片	高概念电影	悬疑片、恐怖片

　　不过在故事创作中，也不用绞尽脑汁地把故事创作得完全符合思维导图的基本原理和方法。以现有的故事材料和线索为基础，按照自己想要的故事自由地想象（模拟故事创作），然后开始创作即可。故事创作的想象阶段是最快乐、最激动人心，也是最幸福的，此后就只剩下忙碌、焦虑和辛苦了。为了能轻松度过辛苦的阶段，也为了最终结果能令人满意，请尽情享受想象的时光吧！

　　制作思维导图的根本宗旨和意义在于发散思维。令人意外的是，很多创作者并不熟悉发散想象（模拟故事创作），他们经常会对此感到吃惊。这并不是因为他们不了解思维导图的原理和方法，而是他们没有尝试过这样的方法。创作者有必要放弃自己所坚持的想法，不固执己见。要记住，你的脑海里肯定还有更有魅力、更厉害的点子，它们正蓄势待发。创作者需要花时间从自己的脑海中找出故事发展的各种可能性，并从其中找到能吸引更多人的故事方向和自己最擅长的故事类型。

　　根据自己设定的故事发展方向和故事主题目标，以现有的成功作品为标杆，制作思维导图，有助于充分发挥想象力，加快故事创作的速度。这就像你做菜前会先想一下在餐馆吃过的类似菜品的味道。此时需要注意的是，创作者不要急于确定自己的故事，以效仿的作品为基础创建思维导图是最有用的方法。可参考以下步骤：第一，分析要效仿的作品；第二，模仿要效仿的作品的故事情节；第三，远离要效仿的作品，对其进行创造性改变。

　　即使不模仿某部作品，尝试以特定的主题、题材、概念和风格为核心关键词进行发散思维，也是不错的方法。还可以找一个合适的标杆作品作为参考，由故事主人公的活动所构成的主要情节进行发散思维和想象。次要情节、配角、活动都是次要问题，为方便之后情节的展开，你可以在想到时先用笔记记下来。

我之所以强调要画思维导图，是因为思维导图可以让创作者在创作时有十足把握，不易偏离创作初衷。在故事创作的过程中，任何创作者都会面临困难和考验。在遇到难以解决、处理的问题时，创作者很容易就会产生"哪里出现了问题？"的疑问，思维陷入混乱。这时，如果他恰巧又听到了他人的评价和意见，可能还会怀疑和嫌弃自己的创作水平。但如果思维导图事先画得比较全面，他就会知道现在所面临的困难和考验并不是靠回避或重新开始就能解决的，而要靠正面对决来解决，避免不必要的自我怀疑和产生挫败感。

无论是日后想用来创作故事的材料，还是一些绝妙的点子，如果你认为它们都只属于你一个人的话，那就大错特错了。生活在同一时代的人们难免会有相近的想法。思维导图可以帮你展开想象，同时你想象的故事也是和你生活在同一时代的创作者都能想到的。在这些想象的故事中不断优化，创作出最佳的故事，就意味着从内容层面抢占了故事的著作权。当然，这样创作出来的故事还要经过某种形式的公开，创作者的著作权才能得到保护。现在不通过出版或制作发行，借助互联网就可以非常方便地发布自己的作品。

构建缺失和欲望的因果结构

下表是我整理出的故事创作的步骤。

创作过程	①寻找故事素材，确定立意和主题
	②设置主人公和主要情节
	③定义4幕结构的故事情节
	④完成情节结构的细节填充
	⑤设定活动（小插曲）和全部角色
	⑥考虑情感走向，架构整体故事（主要情节和次要情节）
写作过程	⑦写梗概或大纲
	⑧开始贴合作品形式（小说、电影、电视剧、网络等）的写作

创作故事时，创作者可以应用我的故事理论"欲望的配方"，要重

点理解用缺失和欲望的因果结构来设定故事框架（情节），填满情节结构的24个单元格两大课题。

　　我分析了包括电影、电视剧、小说在内的100多部大获成功的作品。在这些作品的第一幕中，主人公虽有很多自身的缺失，但他认为这种缺失是命运使然，仍过着平静的生活。主人公想努力消除这种自在存在缺失（第一个缺失），于是在第二幕开始产生了自在存在欲望（第一个欲望）。就在欲望似乎马上要得到满足时，他又遭遇了挫折和危机。但危机即机遇，由此主人公意识到导致自在存在缺失的根本原因是世界的问题。换句话说，比起第一个缺失，主人公意识到了更大、更根本的缺失，主人公为了消除它，开始产生更大的欲望（自为存在欲望），这就是第二个欲望，并构成了第三幕。第四幕是与穷凶极恶的恶魔（反派角色）展开最终决战的时间，由此主人公自己的第一个欲望和第二个欲望得到了满足。

　　故事的第一幕中定义的主人公的自在存在缺失，促使了第二幕小欲望（自在存在欲望）的产生，并使主人公领悟到导致自在存在缺失的根本原因是世界之恶，这一领悟又促使第三幕中大欲望（自为存在欲望）的产生。通过第四幕最后的决斗，主人公的大欲望和小欲望得到满足。这就是能够构建故事框架的缺失和欲望的因果结构。

　　下面以好莱坞电影《阿凡达》（2009）为例来进行说明。

① 主人公是双腿瘫痪的海军陆战队退役军人。虽然手术可以治好他的腿，但他的经济条件并不允许。他之所以成为阿凡达（间谍），潜入潘多拉星球的纳美族部落，是因为上校说只要他拿回纳美族的资料，就会帮他治好双腿。

② 主人公为了摆脱残疾和贫困的无价值的生活（自在存在缺失），潜入纳美族部落（自为存在欲望）并展开了间谍活动。但作为纳美族的一员生活了一段时间后，主人公意识到他们是与地球人和谐共处的伙伴，并不应被侵略和伤害。

③ 主人公为了地球人能和纳美族的人和谐共处，进行了调解与斡旋。虽然有志同道合的伙伴一同努力，但坏人图谋不轨且无所顾忌。最终，主人公被关押了起来，只能眼睁睁地看着伙伴和纳美族的人死去。

④ 残酷的侵略战争爆发了，主人公成为纳美族的领袖，与侵略者展开决斗。最终主人公在守护正义的价值观驱动下（自为存在欲望）战胜侵略者，也选择成为纳美人，身体不再有残疾（自在存在欲望）。

还有别的作品比这部电影能更明确地定义缺失和欲望的因果结构吗？韩国电影《出租车司机》（2017）又是怎样的呢？

① 主人公是独自抚养女儿，艰难度日的出租车司机。面对巨额报酬的诱惑，他动了心，便载着德国记者去了光州。

② 主人公几经周折到了光州，虽然目睹了光州的惨状，但他实现了最开始的目标（自在存在欲望）——拿到巨额出租车费后，便离开了光州。可这时，光州以外的人们正被军事独裁政权编造的歪曲报道和恶意谣言所蒙蔽。

③ 主人公受到良心的谴责，产生了正义感，再次回到光州，努力帮助德国记者探访光州的真相。

④ 主人公和德国记者虽试图逃出光州，但军事独裁政权的走狗们却穷追不舍。最终，主人公帮助德国记者成功逃到了海外。

这部电影也充分体现了缺失和欲望的因果结构理论。越是受到人们的关注和喜爱的故事，越是成功的故事，越体现了简单明了的因果结构。即主人公的小缺失（自在存在缺失），会促使第二幕中小欲望（自在存在欲望）的产生，而根本性问题（自为存在缺失）会上升发展为第三幕中的大欲望（自为存在欲望）。

在电视剧中也可以找到成功的故事中隐藏着的缺失和欲望的因果结构。与电影、小说相比，电视剧虽有着非常复杂的结构，但你若观察以主人公为中心展开的主线，就会发现电视剧和电影也是一样的。

下面以电视剧《阳光先生》为例。

① 男主人公的父母被两班杀害，他偷渡到美国成为军官，然后回到朝鲜半岛。女主人公的父母被亲日的卖国贼杀害，女主人公是在热爱祖国的祖父和忠诚的仆人的照顾下长大的。

② 两人都想尽办法为父母报仇。

③ 在衰败的国家面前，两人没有袖手旁观，要为国家、民族进行斗争。

④ 在两人被日军追赶即将丧命时，男主人公牺牲了自己保护女主人公，最终女主人公继续战斗。

情节通常是指叙事性文艺作品中具有内在因果联系的人物活动及其形成的事件的进展过程。但如果把这句话作为实际故事创作时的指南，那就太难懂了。于是，我把情节重新定义为缺失和欲望的因果结构。

填满情节结构的24个单元格

　　根据"欲望的配方"进行故事创作时，要解决的第二个课题是如何以前面设置的4幕结构的故事线为基础，编写整个故事。确定了4幕结构的故事线后，就可以用主人公（角色）的活动来填满24个单元格了。特别是我在对100多部电影、电视剧进行分析时发现，魅力十足、大获成功的故事几乎都完全符合4幕—24个单元格情节结构。接下来，再在24个单元格中找出每个单元格固有的规则和表现方式，将其作为该单元格的指南即可，详细内容见第64～65页表格。这就是"欲望的配方"的4幕—24个单元格情节结构理论。

　　创作者没必要按顺序从第1到第24个单元格全部填满，也不用对这24个单元格都同样对待，只要把脑海中浮现的重要想法放入相应的单元格里，那么与这个单元格相关联的其他单元格就很容易填满。24个单元格的情节结构就像拼图游戏，可以帮助创作者尽可能愉快地进行故事创作。在这个过程中，导入事件、开端、转折、高潮等应优先考虑。

但是，这并不意味着根据"欲望的配方"中提出的4幕—24个单元格情节结构所创作出来的故事就一定会成功。依然还需要完成"钩子"的设定，即找到与事件相符合的主题，以及设定故事和角色。换句话说，就是为故事设置并添加足够的价值性趣味和功能性趣味，这也是创作者的职责所在。不过，只要按照4幕—24个单元格情节结构进行创作，那么我相信你一定能创作出完成度很高的作品。

关于4幕—24个单元格情节结构，我想强调的是，在写作之前必须有充分的故事设计过程。如果在此过程中对自己的故事没有信心，就绝对不能进入写作过程，要多花些时间进行故事设计。我还从未见过没经过完整的故事设计过程就匆忙进入写作过程并最后成功的人。

更何况，即便中途放弃了，故事设计过程也能使创作者学到或熟悉一些东西，而写作过程并非如此。如果说故事设计过程是积攒能量的过程，那么写作则是释放能量的过程。因此，创作者如果没有积攒能量或能量不足，那么所释放出的能量就很难拥有力量，而且很快就会泄气。所以说，应该首先集中精力积攒能量，然后再进入释放能量的过程。我敢保证，经过充分的、完整的故事设计过程之后，创作者在写作过程中会相当轻松，并一定能创作出充满能量的作品。

还有一点需要注意，4幕—24个单元格情节结构是我在学习了好莱坞的故事理论，分析其优缺点的基础上，又对大获成功的100多部影视剧进行分析和研究后才得出的。我虽把它称为叙事的绝对方法，但这种用词实际上过于绝对。我还是希望更多的创作者把精力集中到创意上。所谓创意，是指在尊重规则的前提下超越规则，挑战更多样、更新奇的

4幕结构定义	<第一幕>导入与建置					
	(1)	(2)	(3)	(4)	(5)	(6)
单元格定义	开始事件	第一次介绍主人公:平静日常生活中的缺失	第二次介绍主人公:为消除缺失做出的消极努力	导入事件	事件带来的"后遗症"(混乱／困境)	"后遗症"暂时消除→构成开端
故事(外在)事件	介绍主人公的日常生活(精彩部分)	主人公所具备的特殊能力和遇到的事件,消极努力包括反抗和自暴自弃		主人公被卷入事件,与某人产生了纠葛	困境(对欲望的渴求和对失去的恐惧)及消除(暂时的)	
主人公(内在)情感	主人公具备的特殊能力和价值观	构成缺失状态或开端的内在动机:①贫穷②疾病／残疾③孤立无援④隐情⑤特殊性格,以上可兼具		去他的!为什么这种事偏偏发生在我身上!	消除"后遗症"的契机:①导师的指点②情况恶化③不可抗力④触发好奇心或自负心的事件。与前面单元格(2)中的缺失相结合,走向开端	

4幕结构定义	开端	<第二幕>追求自在存在欲望				
	(7)	(8)	(9)	(10)	(11)	(12)
单元格定义	采取关键行动(做出决定)	主人公的资格考验+B故事开始	恶魔之爪(反派登场)	C故事的配角参与进来(C故事的配角并不参与故事结局)	与恶魔的斗争→实现自在存在欲望(错觉／误判)	陷入危机与挫折中
故事(外在)事件	进入欲望的空间	用3～5个单元格写主要故事				看似自在存在欲望要实现了,但那只是错觉!危机和挫折到来
主人公(内在)情感	好吧,我再试一试吧!还有什么是我做不了的呢?	虽然看似是以平静的观点和态度去追求和实现外在目标(欲望的对象),但出现了曾令人恐惧和担心的状况,又陷入挫折和危机中				

4 幕结构定义	转折	<第三幕>追求自为存在欲望				
	(13)	(14)	(15)	(16)	(17)	(18)
单元格定义	关键行动的转变（下决心）	恶魔全面登场，反派露出本色	B 故事快速发展	第一次与恶魔进行全力斗争：志同道合，期待胜利，进行准备	第二次与恶魔进行全力斗争：但是能力不足（预感败北/受挫）	陷入更大的危机与挫折中
故事（外在）事件	发现真相、改变命运	用 1～2 个单元格写主要故事				
主人公（内在）情感	解决内部矛盾的首要重点	虽然认识到欲望的本质或事件的真相，并与之前的观点和态度（第二幕）发生了 180° 转变（转折），也进行了彻底的斗争，但由于尚不成熟且未经训练，招致更大的挫折和危机				主人公失去最珍视的人或物，不可以退缩！将恶魔的残酷无情发挥到极致，主人公的愤怒和危机感达到极致

4 幕结构定义	高峰	<第四幕>最终决战				
	(19)	(20)	(21)	(22)	(23)	(24)
单元格定义	关键行动的升级（决断）	与恶魔最终的决战	却陷入最大的危机与挫折中	高潮	（圆满的）结局	尾声
故事（外在）事件	最终决断——必须要消灭掉反派！	困难地决出胜负	遭遇堪称"死亡危机"的最大的危机和挫折，虽然有遗憾，但绝不后悔！	得到意想不到的奖赏与祝福	大团圆	结尾或暗示续集
主人公（内在）情感	做好了死亡的思想准备	心无旁骛，全力以赴		天助自助者！	实现自为存在欲望＋自在存在	

主题。因为只有那样，作品才能给人们提供各种各样的快乐。4幕—24个单元格情节结构只不过是超越规则所必需的垫脚石和标杆罢了。

故事创作的最后阶段就是写作。这里，我还要再次强调不要急于或过分执着于写作。在故事创作中，如果以24个单元格为基础，将各种人物、活动或小插曲设定得充分、丰满的话，写作工作会相当轻松，甚至不管怎么写都会收到不错的反响。

如今，相比那些所谓的文学修辞手法，故事写作更注重描写人物的行为和场景，即以呈现故事为重点。虽然创作者靠自己的想象创作了故事，但要记住，读故事或看故事的人也有自己的想象力。

故事既不是产品的使用说明书，也不是用来宣传鼓动的工具。故事应激发人的想象力，要想做到这一点，就不能写说明式或引导式的文章，应该写呈现式的文章。无论是电影还是电视剧，在屏幕上所呈现的就只有时间和空间上人物的行为。观众并不是在读剧本上的舞台说明和台词。不能抱着"人们究竟能理解吗"的心态去说明某个事件，也不能用长篇大论告诉观众这个人物为什么会有这样的行为。如今的故事消费者们习惯了视觉、听觉和感觉，只会根据人物的行为去看、去听、去理解。对于小说，也应该写出人们只是看过、听过、想象过便会喜欢的作品。

第三章

故事是

"情节的魔法"

什么样的素材

才算是既纯粹又新颖呢?

人类的创造源于模仿

人从孩提时代就有模仿的本能……模仿出于我们的天性，而音调感和节奏感也是出于我们的天性，起初那些天生最富于这种资质的人，使它一步步发展，后来就由临时口颂而作出诗歌。

——亚里士多德《诗学》第4章

人类做得最了不起的事情是什么？那就是模仿这个世界已存在的事物。人类的创造源于模仿，人类的模仿就像标杆分析法①一样，将零碎的

①标杆分析法：将本企业各项活动与从事该项活动最佳者进行比较，从而提出行动方法，以弥补自身的不足。

知识、信息、经验和记忆相结合的过程。

有一部名为《最终兵器：弓》（2011）的韩国电影，模仿的是好莱坞电影《启示录》（2005）；另一部韩国电影《狼少年》（2012）模仿的则是《剪刀手爱德华》（1990）。这种情况并不只是发生在韩国，好莱坞电影《角斗士》（2000）和《宾虚》（1958）的故事情节有相似之处。电影《阿凡达》与《教会》（1986）的故事情节又有多少不同呢？这些事例告诉我们一个创作故事的方法——只要熟悉并灵活运用成功的故事的情节，就能创造出新的、精彩的故事。这就是"情节的魔法"。很多著名作品都是通过模仿而创作出来的，只不过模仿的程度不同而已。下面让我们来看一下哪些是通过模仿而创作出来的经典作品吧。

● 韩国人都知道的编剧——金恩淑

若要选一位韩国浪漫爱情剧编剧代表的话，那必定是金恩淑无疑。她的作品被称为"金恩淑牌浪漫爱情故事"。只要是韩国人，都至少会记得一部她的作品。金恩淑创作的浪漫爱情故事中既有传统浪漫爱情故事的严肃感，又有现代浪漫爱情故事（浪漫喜剧）的活泼感。其实，这样的描述还不能全面展示她的风格，接下来我们来深入分析金恩淑的作品的情节结构。首先来看一下金恩淑的作品集吧。

	电视剧名	播出时间	最高收视率（全韩国）	备注
1	太阳南边	2003	30.2%	共同执笔
2	巴黎恋人	2004	56.3%	共同执笔
3	布拉格恋人	2005	31.0%	
4	恋人	2006	25.6%	
5	爱情正在直播	2008	25.8%	
6	市政厅	2009	19.8%	
7	秘密花园	2010	37.9%	
8	绅士的品格	2012	24.4%	
9	继承者们	2013	25.6%	
10	太阳的后裔	2016	38.8%	共同执笔
11	孤单又灿烂的神·鬼怪	2016	20.5%	有线电视台电视剧史上最高收视率
12	阳光先生	2018	18.1%	

　　从上表中可以看出，金恩淑自其处女作以来，几乎年年都有新电视剧问世。每部电视剧平均20集，一周播放2集，每集时长60分钟。她仅凭自己一个人的力量创作了如此多的电视剧剧本，这是超乎常人的。更令人佩服的是，根据她的剧本创作出来的电视剧，没有一部不是同时段收视率第一，也没有一部不曾引发观众热议。

　　仅此而已吗？金恩淑创作的故事每年都在不断更新升级。她创造的纪录是史无前例、令人惊叹的。在时长2个多小时的电影领域都没有这样的记录，在时长达到电影10倍以上的电视剧领域，金恩淑又是如何把它变成可能的呢？

众所周知，金恩淑在创造角色与角色间的化学反应方面，有着出众的才能和写作技巧。但仅凭创意、写作技巧和聪明，无法揭开她在10多年的时间里持续高产的秘密，更无法揭晓她所有的作品的收视率都在韩国电视剧平均收视率以上的奥秘。

我不禁好奇她究竟是有什么秘诀。从她的作品被称为"金恩淑牌浪漫爱情故事"可以看出，她的作品有自己的固定情节。因此，我对金恩淑的代表作品《巴黎恋人》和与其时隔6年的《秘密花园》的情节结构进行了比较分析。

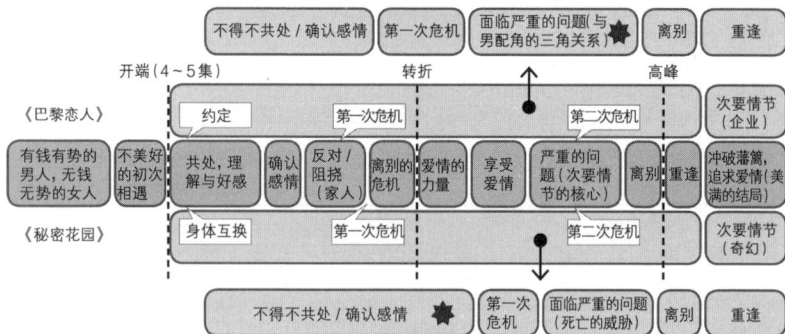

两个完全生活在不同世界的人对彼此的第一印象并不好，却不得不共处，在这种情况下两人逐渐开始理解对方并产生感情。他们虽然遭到周围人的反对、阻挠并面临分手的危机，但此时爱情的力量开始发挥作用，两人得以在一起度过一段幸福的时光。只不过幸福的时光是短暂的，他人的嫉妒和世间的磨难使两人又面临严重的问题，不得不分别，但两人最终冲破藩篱，终成眷属。

虽然在《巴黎恋人》和《秘密花园》中，浪漫爱情故事（主要情节）发生的背景（次要情节）是不同的，并且因次要情节的不同，各集故事的构成也不相同，但两部剧的情节结构是一样的。而且，两部剧在角色设定上也有很多相似之处。例如，女主人公都是贫穷的孤儿，男主人公都是家世好又有能力、自尊心强的富家公子，他们面对的第一次危机都是来自家人的反对。那么《孤单又灿烂的神·鬼怪》又是什么样的呢？从下面的故事展开图中可以看出，它与原来的作品也没有什么不同，骨架（情节）都是一样的。不过，在《阳光先生》中，金恩淑将之前所展现的男女主人公的角色设定进行了互换，营造出新的氛围，从这一点就可以看出，她是一位多么出色的战略家。

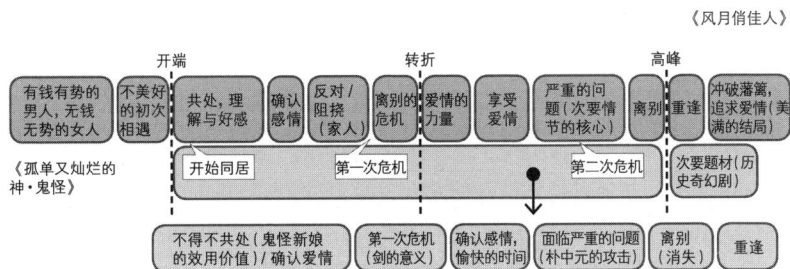

《风月俏佳人》

	开端				转折				高峰		
有钱有势的男人，无钱无势的女人	不美好的初次相遇	共处，理解与好感	确认感情	反对/阻挠（家人）	离别的危机	爱情的力量	享受爱情	严重的问题（次要情节的核心）	离别	重逢	冲破藩篱，追求爱情（美满的结局）

开始同居　　第一次危机　　第二次危机　　次要题材（历史奇幻剧）

《孤单又灿烂的神·鬼怪》

不得不共处（鬼怪新娘的效用价值）/确认爱情	第一次危机（剑的意义）	确认感情，愉快的时间	面临严重的问题（朴中元的攻击）	离别（消失）	重逢

金恩淑从创作处女作《太阳南边》到《阳光先生》，已经过了15年了，但她还在反复使用着同样的情节。尽管如此，她的作品仍一直受到观众的称赞和支持。这是为什么呢？原因就在于她充分运用了已经成形的"金恩淑牌浪漫爱情故事"的情节结构，才可以年年创作出新作

品，并能集中精力塑造角色、描写人物活动和次要情节，打造出充满魅力的故事。

如今，"金恩淑牌浪漫爱情故事"已成为人们所熟悉的情节结构，而它的原型是美国电影《风月俏佳人》（1990）。实际上，电视剧《巴黎恋人》是"金恩淑牌浪漫爱情故事"的开端，《巴黎恋人》策划时打出的口号就是打造韩国版的《风月俏佳人》。电影《风月俏佳人》牵动了全世界观众的心，它打破了浪漫爱情故事是悲剧的传统，呈现给观众的是欢快明朗的浪漫喜剧。

从莎士比亚的戏剧《罗密欧与朱丽叶》到电影《爱情故事》（1970），再到电影《泰坦尼克号》（1997），一直以来，传统浪漫爱情故事都延续了主人公死去的悲剧传统。要么是死对头的儿子和女儿，要么是出身高贵的富人和不起眼的贫穷小人物，两人产生了浪漫的爱情，但家境和学识的巨大差别让两人的爱情遭到了挑战，最后两人的爱情不被现实允许。但随着时代的发展，浪漫爱情故事也迎来新的变化。《风月俏佳人》就是一个全新的浪漫爱情故事。家世、身份、所处环境和文化水平完全不同的一对男女，遇见了彼此，在磕磕碰碰的过程中逐渐相互理解，产生了感情。在新的浪漫爱情故事中，欢快明朗的情节和元素，替代了传统浪漫爱情故事的真挚悲壮。浪漫爱情喜剧题材由此诞生。

不仅如此，金恩淑还给作品增加了很多自己特有的色彩。她的作品与那些浅显的浪漫爱情喜剧不同，通过各种变化给观众们带来别样的乐趣，所以她的作品在浪漫爱情故事中占据着独一无二的位置。从2004年的《巴黎恋人》到2018年的《阳光先生》，她的故事一直在不断地更新升级，并总是受到观众的喜爱。金恩淑灵活运用同一种情节结构的手法，值得故事创作者借鉴。

● 如何看待《剪刀手爱德华》与《狼少年》？

　　韩国电影《狼少年》观影人次达665万。看过《狼少年》的人会发现这部电影的故事与好莱坞电影《剪刀手爱德华》的故事相差无几。

> ① **拥有神秘能力的不明生物（男主人公）出现，**并成为家庭一员。
>
> ② **家庭成员（女儿）对男主人公尤为有敌意。**男主人公尽管受尽女儿的刁难，仍对女儿产生了微妙的爱意，并希望与女儿亲近。
>
> ③ 男主人公帮助女儿摆脱了小小的危机，**女儿开始对他产生好感。**
>
> ④ 没过多久，男主人公的神秘能力被人们知晓，**人们在好奇的同时也对他怀有恐惧心理。**
>
> ⑤ **另一个男人（敌对者）单方面爱着女儿，**他因嫉妒，假装与男主人公走得很近，最终使男主人公陷入绝境。
>
> ⑥ 女儿意识到自己对男主人公的微妙感情是爱情，于是**女儿为了拯救男主人公而拼尽全力。**
>
> ⑦ 男主人公最终打败敌对者，远离尘世，与心爱的人一生厮守。

　　毋庸赘言，在标杆分析法式创作中，除了模仿与复制外，还必须有创新性元素。其实，我并不是很想谈论《狼少年》。因为它无论是主题还是情节，甚至宣传海报，都在很大程度上模仿和复制了《剪刀手爱德华》。这部电影让人觉得制片方应该先买下《剪刀手爱德华》的翻拍版权再进行制作。

　　我们应该如何看待模仿《启示录》创作出的《最终兵器：

弓》，以及借用中国香港警匪片《无间道》（2002）的核心概念创作出的韩国电影《新世界》（2013）呢？这两部影片都告诉我们，即便是模仿甚至复制，也能创作出新颖、有魅力的故事，并给观众带来别样的乐趣。因此，不用因为是模仿或复制出来的故事，就对其加以排斥或避讳。

还有一部作品也是标杆分析法式创作的例子，就是韩国有线电视综合娱乐频道（TVN）推出的电视剧《信号》（2016）。该电视剧与好莱坞电影《黑洞频率》（2000）的主题几乎如出一辙。《黑洞频率》是一部以平行世界假说为故事素材的电影。2000年，在韩国也有两部与平行时空（或平行宇宙）有关的电影上映，分别是《同感》和《触不到的恋人》。这大概是因为20世纪90年代，有关宇宙的讨论在世界范围内引发热议，从而激发了故事创作者的灵感。

《黑洞频率》的故事围绕消防员展开，受到观众好评，所以仅2001年，韩国就有《烈火焚城》和《夺命警报》两部有关消防员的电影上映。

《信号》和《黑洞频率》共用平行时空概念，都是解决现在的事件的突破口在于解决过去未解的事件，现在和过去的人物穿越时空连接在一起，共同向着同一个目标奋斗。但《信号》的故事围绕搜寻失踪儿童展开，这就在平行时空类题材和犯罪调查类题材的基础上增添了新的魅力。所以，《信号》比《黑洞频率》受到了人们更多的关注。

像这样通过借用创意（概念）或复制情节等利用标杆分析法来创作新作品的现象，并不只存在于韩国，在好莱坞更是屡见不鲜。好莱坞电影《猩球崛起》就和《宾虚》《角斗士》共用了同一情节结构。

① **主人公是出身高贵或能力出众之人，** 反派嫉妒、憎恨主人公。

② **主人公遭到反派的陷害，** 沦落为社会最底层。

③ 但幸运的是，**主人公遇到了值得信赖的人生导师。** 在人生导师的帮助下，主人公凭借出众的能力，以另一个身份东山再起。

④ **名声大振的主人公回到自己曾经被赶出的地方，堂堂正正地站在反派面前，显示自己的存在。**

⑤ **反派这才感到害怕，甚至开始使用卑鄙的手段，** 试图杀死主人公。但是，主人公与反派展开斗争，并成功击败反派，恢复名誉。

只不过在《猩球崛起》中，黑猩猩（主人公）比人类（反派）更聪明，这一设定违背了可能性法则，所以电影在开场（序幕）时，说明了为什么黑猩猩比人类拥有更高的智商（实验）。

即使这些电影是在模仿和复制的基础上又加以变化且都使用了同样的情节结构，也不影响它们成为经典，谁也无法撼动它们的地位。此外，从《教会》《风中奇缘》（1995）、《阿凡达》《驯龙高手》（2010）等电影的热映还可以看出，影片带来的乐趣和感动并不会因为它们都使用同样的情节结构而打折扣。

① **主人公是强势文化的一员。** 现在强势文化正试图征服、吞并弱势文化。

② 这时，**主人公遇到了弱势文化的成员并和他成了朋友，两人友谊（感情）日渐深厚，主人公还借此机会了解到了弱势文化的魅力。**

③ **强势文化对弱势文化展开攻击，** 主人公试图从中斡旋，寻求和平。

④ 但是，主人公的努力以失败告终，此前和主人公一起玩闹的**弱势文化的人失去了生命**。

⑤ 最终，主人公放弃了自己属于强势文化成员的身份，站到弱势文化一边，参与到战争中（**悲剧性结尾**）。

《驯龙高手》是家庭片，所以它没有选择以悲剧性战争作为结尾，取而代之的是维京族和龙族合力找出怂恿两族发起战争的坏人，并一起惩罚这个坏人。难道说这些精彩的作品是在相互抄袭吗？答案是否定的，这只是说明了"日光之下，并无新事"。所以，任何人都可以以这种标杆分析法的方式创作出精彩的故事。

还有像电影《小丑》（2019）、《哥斯拉》（1998）、《深海狂鲨》（1999）、《八脚怪》（2002）等，它们有什么共同点呢？那就是这些电影中都有食人怪兽登场，而且都属于惊悚片。那么，就像前面提到的例子一样，同样题材或主题的故事有没有可能共用同一种情节结构呢？虽然这几个电影中都出现了食人怪兽，但也可以是人类。例如，像连环杀人魔或灾难片等类型的惊悚片中的杀人魔，都与此处所说的食人怪兽无异。

① 有食人怪兽登场的惊悚片都有一个共同点，那就是**故事一般开始于让人不舒服的人为的事件**，而这一事件往往是食人怪兽出现的原因——因人类的贪念和过度开发而造成的环境污染，以及人类为了一己私利而进行的科学实验，造就了惊悚恐怖的食人怪兽。

② **尽管主人公现在的生活充满缺失，但他仍感到满足并努力追求和谐与幸福**。可是因为家庭关系不和睦、付出的努力没有得到应有的回报、日常生活的琐事等原因，主人公的生活并不安宁。

③ **食人怪兽突然出现,**开始攻击人类,无辜的人们遭到莫名其妙的伤害。混乱之中,主人公和一群人一起逃到了安全的地方躲避。

④ **人们尝试实施第一次计划,却遭遇挫折。**虽然试图摆脱食人怪兽,但白白牺牲了更多的人,计划失败。对于失败的责任在谁,人们产生了争议和分歧。

⑤ **了解食人怪兽的知情人士登场,尝试实施第二次计划。**但计划再次以失败告终,死亡的恐惧全面袭来。

⑥ **最后的决战:**再也没有退路和活下去的希望了,主人公抱着必死的决心,与食人怪兽进行最后的对决。

⑦ 最终击退食人怪兽。但是这样的胜利**并不是那么令人愉快。主人公回到原来的生活。**

哪部曾吸引千万观众的韩国电影符合以上几条呢?那就是奉俊昊导演的《汉江怪物》。这部电影虽然和前面提到的很多好莱坞电影一样,仅用同样的情节结构就成为优秀的作品。但其故事创作在此基础上更进一步,创造了惊悚片的新规则。基本上惊悚片的主要剧情就是追赶、逃跑、寻找,像是在玩捉迷藏游戏。在有食人怪兽的故事里,拥有绝对优势的必然是无所不能的食人怪兽,人类只不过是被食人怪兽追赶,为了活命而四处逃跑的那一方罢了。但是,奉俊昊导演却采用逆向思维,设计出父亲为救出濒临死亡的女儿而反过来追赶食人怪兽并与它展开对决的情节,正是这一情节让《汉江怪物》大获成功。很多电影评论家都称赞《汉江怪物》是一部具有韩国特色的惊悚片,但我认为这种评价是远远不够的。它是一部超越了惊悚片的一般规则、创造出了新规则的世界级作品!

如果告诉创作者创作情节的规则,并让他们照做,那么很多创作者就会陷入自我怀疑和担心之中。每当这时，我就会把金恩淑的作品或电影《汉江怪物》当作例子来反复讲解。我们之所以学习叙事的规则，并不是为了模仿和复制，而是为了能以更高的水平去创作故事，从而让人们享受到更大的乐趣。

创作者要成为"情节的魔术师"。可能刚开始只会模仿和复制，但慢慢熟练之后，就能展示出属于自己的新"魔法"了。

接下来，我要好好讲一下能够对"情节的魔法"有帮助的故事理论。首先要介绍的是好莱坞的故事理论，这些理论估计很多人都读过。尽管如此，恐怕很少有人能把读到的内容学以致用，因此对于如何解读和灵活运用这些理论，我想提出一些建议。如果你在这些理论中，找到了一个自己感兴趣的理论，那么我建议你深入学习这个理论，并做到活学活用。这样一来，你就会自然而然地成为"情节的魔术师"了。

密涅瓦的猫头鹰总在黄昏之后起飞

德国哲学家黑格尔的代表作《法哲学原理》中有一句名言："密涅瓦的猫头鹰总在黄昏之后起飞。"虽然这句话还有更深刻的含义，但只就它的一般意义来说，它是指只有当一个时代结束之后，才能对这个时代的哲学和历史进行解释和定义。这是在经过无数次实验和研究的检验后，才被整理成了科学理论并发表出来的。

故事理论也是如此。故事理论并不是从天上突然掉下来的馅饼，而是人们通过分析和研究诸多小说、电影、话剧和电视剧等作品，在弄清那些作品是因何成功或失败的基础上诞生的。它为今后如何创作新故事提供了方向。

我们通常通过媒体报道（文娱新闻和评论家晦涩的文章）来了解故事的成功法则。但大多数通过文娱新闻了解到的故事成功法则，往往只是题目看起来像那么回事，内容其实很肤浅，不看也罢。而评论家的文章往往故弄玄虚，很难对创作起到实质性的帮助。归根结底，分析和研究诸多作品成功和失败的原因，总结故事的主题思想，制定故事创作的方针，才是每个创作者应该做的。

而好莱坞就不一样了。因为有大量资本②流动且目标锁定全球市场，好莱坞的故事理论层出不穷，故事理论家们都是通过分析小说、电影、电视剧等作品成功与失败的原因来告诉创作者应该如何叙事。他们不仅在网络上分享作品的分析报告，还通过书、故事创作研讨会（讲座）等形式向创作者传授经验。虽然《故事》的作者罗伯特·麦基和《作家之旅》的作者克里斯托弗·沃格勒等故事理论家在全世界都非常有名，但实际上，好莱坞的故事理论家不止他们。接下来我将分析8个故事理论，通过它们来帮助大家了解故事理论的演变过程，以及未来发展走向。我还会讲解故事创作者如何应用故事理论。接下来要介绍各个故事理论的概念（情节结构图），这些情节结构图是我自己制作的，为了易于理解，我在制作时做了少量改动，与原文的意思可能有所出入。

---

② 好莱坞大片的纯制作费一般在3亿美元（1美元≈6.5元）左右。以2015年上映的作品《复仇者联盟2：奥创纪元》为例，它的纯制作费是2.5亿美元，该片在美国的票房收入约为4.6亿美元，在海外的票房收入约为9.5亿美元。2014年上映的作品《变形金刚4：绝迹重生》，花费了约2.1亿美元的制作费，它在美国收获了约2.5亿美元的票房收入，而在海外地区则斩获了约8.6亿美元的票房收入，海外收入占比接近80%。可以看出，好莱坞电影的海外收入占比在逐渐增加。美国电视剧也是一样，海外收入占比高达50%，可见好莱坞的影视产业对海外收入的依赖度越来越高。不过这反过来也可以理解为，在全球影视文化领域，好莱坞的影响力越来越大。

作者	代表作品	出版时间	故事理论
古斯塔夫·弗赖塔格	《戏剧技巧》	1863	弗赖塔格金字塔
悉德·菲尔德	《电影剧本写作基础》	1979	结构范式
迈克尔·豪格	《编剧有章法》	1988	6 阶段情节结构
琳达·西格	《编剧点金术》	1989	B 故事理论
克里斯托弗·沃格勒	《作家之旅》	1996	"英雄之旅"
罗伯特·麦基	《故事》	1997	叙事理论
梅拉妮·安妮菲利普斯与克里斯·亨特利	剧本创作软件 DramaticaPro	2004	剧本创作软件 DramaticaPro 的故事理论
布莱克·斯奈德	《救猫咪：电影编剧宝典》	2005	"救猫咪"

请注意看一下表格中所提到的各故事理论出现的时间，随着现代社会的快速发展和人们故事消费倾向的改变，为故事创作提供指导的故事理论也在顺应时代的潮流不断发生变化，尤其是最后提到的布莱克·斯奈德的《救猫咪：电影编剧宝典》是迄今为止最实用的故事理论书。

好莱坞故事理论①
弗赖塔格金字塔

亚里士多德的三幕式结构能有今天,德国小说家兼剧作家古斯塔夫·弗赖塔格功不可没。实际上,很多人都是通过弗赖塔格才熟知亚里士多德的三幕式结构理论的。因此,即便古斯塔夫·弗赖塔格不是好莱坞故事理论家,我也想先介绍一下他。

在弗赖塔格的情节结构中,高潮位于整个故事的中间点,这是继承和发展了亚里士多德的故事思想和理论。

古斯塔夫·弗赖塔格的金字塔理论

古斯塔夫·弗赖塔格的故事理论大致分为铺垫→上升→高潮→回落→结局,情节结构呈金字塔式,因此被称为金字塔理论。

亚里士多德在《诗学》第18章中这样写道：

"一部悲剧由结和解组成。剧外事件，经常再加上一些剧内事件，组成结，其余的剧内事件则构成解。"

也就是说，将位于故事的中间点，即主人公的命运发生改变的时间点看作高潮，而这之前的部分为产生矛盾，之后的部分为解决矛盾。在现代的商业故事中亦然，主人公的命运在故事的中间点发生改变。只不过不一样的是，此时主人公已经认识到事件的真相了，位于故事中间点的这一部分成了主人公满足欲望的垫脚石，而并不是高潮。但为什么在弗赖塔格的理论中，将这一部分定义为高潮了呢？这是因为弗赖塔格的故事理论延续了亚里士多德时代的戏剧理论，特别是悲剧创作的理论。

大家请思考一下戏剧的本质是什么呢？它是对人类的生活提出问题，而提出问题的主要目的是让观众与主人公一起进行反思。我们再回想一下亚里士多德的思想的根基和出发点，也就是苏格拉底所说的真理又是什么呢？不就是认识你自己吗？于是，亚里士多德才将主人公的命运发生改变，也就是主人公认清人性这一时间点——故事的中间点定义为高潮。

那么，主人公在认清人性后，他的未来会是什么走向呢？从亚里士多德的戏剧理论到中世纪宗教剧，再到近代戏剧，主人公在反思和认清之后，最终的选择都还是要依靠绝对权威者来决定自己的命运。但现代故事将重点放在了主人公反省、认清和选择上，也就是主人公为改变自身命运所采取的行为上,从这一点来看,现代故事与近代以前的故事有着明显的差异。

我在大学课堂上讲到情节结构时,很多学生对我说:"我知道弗赖塔格的金字塔结构,但我一点儿也不理解它的具体内容。"这是因为在大学或专科院校里,老师即使把弗赖塔格的金字塔理论(或很多其他故事理论)当作情节结构去教授,也不会告诉学生该理论背后的思想、价值和意义。所以学生认为该理论只是一个高潮位于故事中间点的近代故事理论罢了,不会应用于现代的商业故事中。但其实从亚里士多德的戏剧理论到弗赖塔格的金字塔理论,核心内容都是矛盾引发危机,而主人公在面对危机的过程中,发现了未曾察觉的真相,或做出了改变自身命运的重大选择。

现代的商业故事中也有应用金字塔理论的例子,如电影《阳光姐妹淘》(2011)和《建筑学概论》(2012)。这两部电影属于框架故事,讲述了现在的主人公怀着遗憾的心情回忆过去。《阳光姐妹淘》中的高中时期发生的事件和《建筑学概论》中的大学时期发生的事件是故事的主要情节,这些主要情节的情节结构由相遇、高潮和离别构成,这就是典型的金字塔结构。

好莱坞故事理论②
好莱坞电影之父
悉德·菲尔德的结构范式

　　悉德·菲尔德最先提出了故事理论这一概念，是最先开始探讨现代电影剧本写作所存在的各种问题的故事理论家。在当今好莱坞，悉德·菲尔德被称为美国现代电影编剧理论的奠基人。可以说，在悉德·菲尔德之后出现的所有故事理论家都接受过他的结构范式③的洗礼。

　　下面是维基百科（英语版）中对悉德·菲尔德的介绍。

───────────

③ 范式一词，源于希腊语 paradeigma。1962 年，美国科学史家托马斯·库恩在自己的著作《科学革命的结构》中赋予了范式新的含义："我所谓的范式通常是指那些公认的科学成就，它们在一段时间里为实践共同体提供典型的问题和解答。"库恩认为就像生命体会突然进化一样，科学和社会进步也不是一个连续性的过程，而是根据范式的更替（新范式替代旧范式）而实现的一个非连续性的飞跃。看过了库恩给范式下的定义，便可以理解悉德·菲尔德的故事理论为什么取名为结构范式了。悉德·菲尔德的故事理论从过去的亚里士多德的《诗学》开始，一直延续到了近代，它包含了对传统故事理论的革命性的解释和构想，是现代故事理论的开端。

悉德·菲尔德最突出的贡献是他的三幕剧结构创作模式。在这种结构中，电影必须在开始后的20～30分钟，也就是在第一幕里设置一个主人公经历的情节点，使主人公有一个必须要实现的目标。之后，在电影播放到一半左右时，主人公要为了实现这个目标而努力奋斗。第二幕是矛盾与对抗的时间。在第二幕的中间点，情节会发生改变，有时表现为主人公的命运发生极端的逆转。紧接着在第三幕中，主人公为实现目标而拼尽全力。

悉德·菲尔德提出的建置、情节点、中间点等概念延续至今，具有划时代的意义。特别是悉德·菲尔德把高潮放在了第三幕的末尾，将从古代亚里士多德时期延续到近代文学艺术时期的传统故事和现代商业故事明确区分开来。此外，悉德·菲尔德还明确了每一组镜头的时长应该是多少，以及一组镜头内主人公的情绪和行动应该怎样，所以说他是当之无愧的现代电影故事理论的先驱。悉德·菲尔德所提出的情节结构中的一些概念，奠定了故事理论的基础。

悉德·菲尔德的结构范式

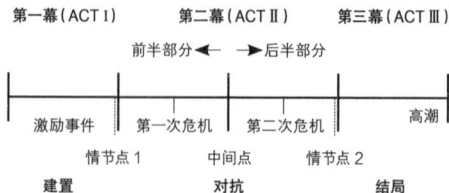

第一幕（ACT I）　　第二幕（ACT II）　　第三幕（ACT III）

前半部分 ◄——　——► 后半部分

激励事件　第一次危机　第二次危机　　　　高潮

情节点1　　中间点　　情节点2

建置　　　　　对抗　　　　结局

下表是对于悉德·菲尔德三幕剧结构的情节结构更为详细的说明。不能仅把表中的内容当作悉德·菲尔德的概念去理解，而应当把它当作最基本的、最原始的概念。因为它将成为以后所有故事理论的出发点，所以希望你能够充分理解和掌握。

悉德·菲尔德三幕剧结构的情节结构

第一幕	建置	我们在故事里最先看到的是生活在特定时空里的主人公，并与主人公一起开始或长或短的旅程。你想和主人公一起走到旅途的尽头吗？你想和他一起体验过程，并知道结果吗？从这一角度看，悉德·菲尔德所定义的建置也是"钩子"
	激励事件（导入事件）	主人公的日常生活发生了变化，使得主人公走向新世界去冒险，然后主人公邂逅某人或与某人纠缠在一起，同时主人公第一次遇到需要解决的问题
第二幕前半部分（2-1）	情节点1	主人公进入冲突现场并遇到了新人物，还发现了秘密（解决问题的线索）
	第一次危机	不管起作用的是内在动机还是外在契机，总之在冲突现场，主人公发现自己正处于意想不到的危险中或得知当下情况不妙。危险的阴影正慢慢地笼罩主人公
	中间点	主人公在第一次危机中所遇到的意想不到的危险或不妙的情况到底是什么？又是因何而起？这是必须要面对的问题，主人公找到了问题的根源。"那么，从现在开始我应该怎么做呢？"主人公开始对问题进行了深刻的思考，并为解决问题采取行动。这体现了主人公扭转局面的巨大决心
第二幕后半部分（2-2）	第二次危机	为解决问题而采取了行动，问题就能真正解决了吗？情况反而更糟，主人公陷入僵局。新计划失败，主人公的同盟死去或离开，主人公还被叛徒在背后捅刀子。主人公显然处于弱势且无东山再起的可能
	情节点2	主人公陷入困境的时候，出现了推动他前进的戏剧性契机。主人公和一直以来所信赖的人经历了生离死别，仿佛上天命令"那还有什么可犹豫的呢？决一死战吧！"主人公如今已是过河卒子，没有退路了，只能背水一战。主人公在经历了失败和绝望之后，做出了最后的决定
第三幕	结局	主人公和反派进行最后的决战，最终主人公艰难取胜。经历了重重磨难之后，主人公戴上了胜利的王冠。现在展现在我们面前的主人公与第一幕建置中的主人公有了很大的不同。观众现在看到的是发生了变化并成长了的主人公

好莱坞故事理论③
迈克尔·豪格的6阶段情节结构

现在，让我们通过美国畅销书《编剧有章法》《60秒卖出你的故事》《让讲故事变得更简单》等来了解一下迈克尔·豪格的6阶段情节结构吧！

内部旅程

第一阶段	第二阶段	第三阶段	第四阶段	第五阶段	第六阶段
对自己的人生满意	对未来生活的渴望	在保持自我身份认同的状态下，朝着核心事件（目标）前进	即使越来越害怕，也依旧拼尽全力朝着核心事件（目标）前进	拼尽全力后却失去了所有	旅程结束，改变命运

第一幕（ACT I）	第二幕（ACT II）	第三幕（ACT III）

第一阶段	第二阶段	第三阶段	第四阶段	第五阶段	第六阶段
建置	新状况	进展	情况变得复杂、危险	最后冲刺	余波（"后遗症"）

	转折点 #1	转折点 #2	转折点 #3	转折点 #4	转折点 #5
	机会	计划改变	没有退路	最大的障碍（绊脚石）	顶点（高潮）

外部旅程

　　迈克尔·豪格的伟大之处不仅在于他提出了故事=旅程的概念，还在于他分6阶段界定了内部旅程（主人公的内心情绪）和外部旅程（事件和核心行动的展开）。

　　我想再补充说明的是"第一阶段：对自己的人生满意"。第一阶段是介绍主人公的部分，主人公过着自己满意的生活，但他的生活充满了缺失。主人公对此表示满意？这不是前后矛盾吗？其实，这里所说的"满意"，是指虽然生活充满缺失，但主人公认为这就是宿命，这就是现实，所以不得不认命，即便有些勉强，也要对现有的生活感到满意。这便是现在主人公所具有的自我认同。换言之，迈克尔·豪格所说的三幕剧情节结构内容是指主人公的自我认同发生了变化，他变得更加强大，并获得了成长和成功。"主人公在自欺欺人的生活中，并感到满意"（第一幕），"以以往的态度和方式与世间的恶发生了冲突，并开始对自我身份产生怀疑"（第二幕的前半部分），"通过自我认同的变化，与世间的恶再次发生冲突"（第二幕的后半部分），"主人公还不熟悉已发生变化的自我认同，所以经历了挫折和危机。尽管如此，主人公还是挺身而出，最终战胜了世间之恶，满足了自己的欲望"（第三幕）。

　　迈克尔·豪格在给故事下定义之前，做了如此深入的分析和研究，我对他敬佩不已。而且，他一直强调，在故事中主人公的欲望是情节的动力，还对此做了相关整理，可谓在这方面做出了突出贡献。另外，迈克尔·豪格还明确地标出了每个转折点应该位于故事的哪个位置，这非常有参考价值。其实，迈克尔·豪格用到的转折点一词与"欲望的配方"中所说的情节点是一个意思。如果说我是为了表示情节发生转变的点才使用情节点一词，那么迈克尔·豪格则是为了强调故事确实发生转折的点才使用了转折点一词。迈克尔·豪格还界定了中间点，也就是第三个转折点，此处必须要做到180°的大转弯。

　　虽然悉德·菲尔德在好莱坞被誉为美国现代电影编剧理论的奠基人，但我认为，在使现代故事理论实现飞跃方面，迈克尔·豪格发挥了更大的作用，贡献更大。尤其是他给威尔·史密斯、朱莉娅·罗伯茨、詹妮弗·洛佩兹、小罗伯特·唐尼、摩根·弗里曼等著名演员都当过故事顾问，还为故事理论的大众化做出了显著的贡献。2019年，迈克尔·豪格也因自己的突出贡献，获任美国编剧协会理事。

好莱坞故事理论④
琳达·西格的B故事理论

　　琳达·西格是悉德·菲尔德的弟子，她为了使故事更丰富、更有魅力，在带动故事主要情节的A故事的基础上，又提出了B故事，并对相关规则加以整理，贡献颇大。

琳达·西格的 B 故事理论

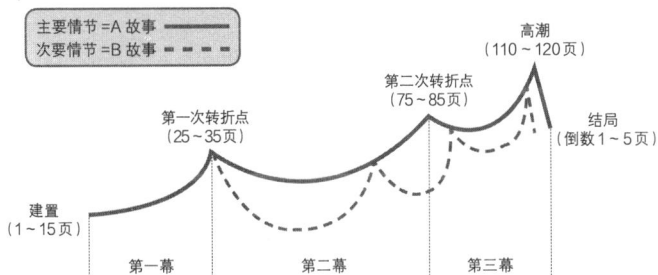

像前面提出6阶段情节结构的迈克尔·豪格，还有琳达·西格，他们都规定了故事篇幅。只不过迈克尔·豪格是将整个故事看作100%，并划分为三幕剧结构，注明各转折点位于百分之几的位置。而琳达·西格是以一部120分钟的电影为例，将它的剧本篇幅看作是110~120页，并在此基础上再进行划分。

正如前面黑格尔的名言所强调的那样，思想和理论是对现实（历史）的解释。好莱坞的电影故事在进入二十一世纪之后，正式变成了多线叙事结构。琳达·西格发现了这一趋势，并将其理论化，为创作者提供了新的方向。此后，好莱坞的故事产业更加系统全面地将多线叙事结构发扬光大。

以多线叙事结构为核心代表的B故事，指的是和主要情节的A故事相对应的情节，也就是次要情节。主要情节与次要情节之间有什么关系？对两者应该如何分配和处理？下面我来回答这些问题。

第一，虽然B故事是辅助A故事的故事线，但名为故事或情节，就意味着它本身具有独立性、完整性。现在人们倾向于把情节这个词用于更广的范围，但它的本意是指由起因和结果的相关关系所构成的完整结构。只不过B故事（次要情节）不同于贯穿始终的A故事（主要情节），它是以情节点为中心展开的。

第二，对于B故事，如果仅把它当作是辅助、推动主要情节发展的工具的话，这对实际故事创作无益。主要情节是主人公的故事，次要情节是主要助推者的故事。在故事之旅中，主人公的思想性格是通过他所遇到的挑战、冒险和他的变化、成长得以体现的，他的欲望也通过这一过程得到满足。那么，主人公的变化和成长该如何表现呢？最老套、最常见的方法便是通过主人公或登场人物的台词或旁白来表现。相比之下，如果借用带动B故事发展的主要助推者与主人公之间的关系来表现，那作品的完整性与立体性会更高，文学性更强。有时还可以用C故事等对除了主要助推者以外的人物进行塑造与刻画。

第三，从琳达·西格的概念图来看，B故事开始于第二幕的第一段，在第三幕的高潮达到极致。在电影《冰雪奇缘》（2014）中，主人公安娜在寻找因害怕而逃进雪山的艾莎时跑出了城堡（引出第二幕的契机），安娜最先见到的人是克里斯托夫。克里斯托夫在第三幕的高潮，为了救安娜又回到了城堡。在电影《奇怪的她》（2014）中，奶奶吴末顺变身为20多岁的吴斗丽后，第一时间要找的人是朴老头，朴老头则从始至终都是主要助推者。虽然B故事本身应该从第二幕开始，但B故事中的人物也有可能在第一幕中出场。在电影《地心引力》（2013）中，B故事中的人物马特虽然在第一幕中与主人公一起出场，但此时两人之间的关系仅仅是在宇宙空间里一起工作的同事。在第二幕的第一部分，两人才第一次开始互相倾诉私事（主人公瑞恩独自抚养女儿）。在第三幕的高潮，瑞恩出现幻觉，看到了马特，马特教她看飞船指南。马特在瑞恩返回地球的过程中起到了决定性作用！电影《明日边缘》（2014）中，虽然B故事的人物丽塔也是在第一幕中与主人公相遇，但B故事是从第二幕的第一部分开始的（正式和A故事齐头并进）。

第四，如果说B故事是讲主要助推者的，那又有谁会比恋人或知己更合适担当主要助推者呢？因此，几乎在所有类型的故事中，B故事的情节都与恋人或知己有关。像《明日边缘》中的丽塔、《冰雪奇缘》中的克里斯托夫、《奇怪的她》中的朴老头等人物，都是主人公的恋人。在好莱坞电影、电视剧和小说中，B故事中的人物通常都是主人公的恋人。而在韩国电影中，B故事中的人物大部分都是主人公的知己。也许是因为在韩国电影中，观影人次破千万的那些电影的故事都比较严肃，所以不太适合有爱情戏份吧。《汉江怪物》中B故事中的人物——主人公康斗的弟弟南日和妹妹南珠、《7号房的礼物》（2013）中的朴科长、《光海，成为王的男人》中的捕盗部将等人物，都扮演着主人公知己的角色。那么，在以爱情、知己题材为主线的故事中，B故事中的人物又该如何设定呢？你可能很容易认为这类故事中，B故事中的人物是与主人公形成三角恋爱关系的人，但实际上B故事中的人物往往并不是折磨主人公或与主人公形成竞争关系的人，而是帮助主人公走到最后的人。

好莱坞故事理论⑤
克里斯托弗·沃格勒的"英雄之旅"

　　克里斯托弗·沃格勒的理论"英雄之旅",是好莱坞故事理论中又一个具有划时代意义的理论。他提出了"英雄之旅"的12个阶段。不过,不要因为它的名字,你就误以为沃格勒的理论仅限于史诗剧和冒险片。以沃格勒的故事理论为基础创作出的作品有迪士尼公司的代表作品《狮子王》(1994)、《指环王》(2001~2003)、《黑天鹅》(2010)、《诺亚方舟:创世之旅》(2014)等。但沃格勒的"英雄之旅"理论很难被看作是独创的理论。因为他的理论全面继承了著名的比较神话学学者约瑟夫·坎贝尔的神话故事理论。约瑟夫·坎贝尔堪称好莱坞的神话学教父。他的主要著作有《千面英雄》《神话的力量》等。他的作品大多取材于希腊、罗马神话。乔治·卢卡斯导演的电影《星球大战》的创作灵感来源于《千面英雄》。他分析了无数神话故事,将

"英雄之旅"的17个阶段应用在神话故事作品的一般叙事模式,具体如下所示。

幕	约瑟夫·坎贝尔	克里斯托弗·沃格勒
第一幕 启程	1. 历险的召唤 2. 拒绝召唤 3. 超自然的援助 4. 跨越第一个阈限 5. 鲸鱼之腹	1. 正常世界 2. 冒险召唤 3. 拒绝召唤 4. 遇见导师 5. 越过第一道边界
第二幕 启蒙	6. 考验之路 7. 遇到女神 8. 妖妇的诱惑 9. 与天父重新和好 10. 奉若神明 11. 最终的恩赐	6. 考验、伙伴、敌人 7. 接近最深处的洞穴 8. 磨难 9. 奖赏
第三幕 回归	12. 拒绝回归 13. 借助魔法逃脱 14. 来自外界的解救 15. 跨越归来的阈限 16. 两个世界的主宰 17. 生活的自由	10. 返回的路 11. 复活 12. 携万能药回归

在约瑟夫·坎贝尔所整理的"英雄之旅"的17个阶段中,大家在看到第9个阶段"与天父重新和好"时,脑海中难道不会浮现动画片《狮子王》的片段吗?在《狮子王》中,主人公辛巴正是在这一时间点,通过山魈拉飞奇见到了死去的父亲。而指导《狮子王》故事创作的人便是克里斯托弗·沃格勒。1985年,克里斯托弗·沃格勒在迪士尼公司工作时,曾提交了一份关于神话研究的报告。他在报告中整理了约瑟夫·坎

贝尔的神话研究及其对现代商业故事的作用和价值，并提议将"英雄之旅"的17个阶段作为新的故事创作指南。这便是"英雄之旅"理论的出发点。

"英雄之旅"

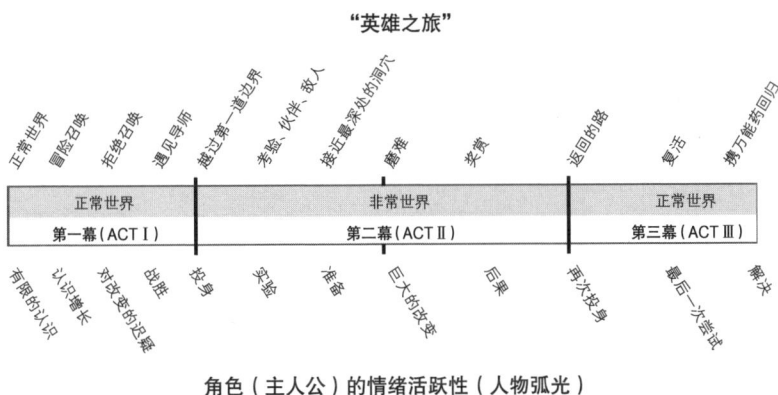

角色（主人公）的情绪活跃性（人物弧光）

前面讲到的迈克尔·豪格的伟大之处在于他划定了内部旅程（主人公的内心情绪）和外部旅程（事件和核心行动的展开）。而克里斯托弗·沃格勒则在迈克尔·豪格的基础上，尤其关注故事的内在旅程，即故事中人物情绪发展的动力，并将其具体化。他在提出"英雄之旅"的12个阶段时，曾提到过一个新概念——人物弧光。可以说，克里斯托弗·沃格勒的"英雄之旅"理论是将约瑟夫·坎贝尔的"英雄之旅"的17个阶段和迈克尔·豪格的6阶段情节结构辩证地结合在一起形成的。实际上，迈克尔·豪格确实和克里斯托弗·沃格勒共同主持过许多次故事研讨会。在上表中，我将克里斯托弗·沃格勒的故事理论中的人物弧光翻译成了角色（主人公）的情绪活跃性。这是为了更加精确地表现主人公在面对故事中的戏剧性变化时的情绪或心理状态。

此外，我还要强调的是，虽说主人公越过第一道边界的决定（第二幕的开始）是故事情节展开的必要条件，但他做出该决定并不容易。并且，根据沃格勒的设想，主人公在做出决定之前，必须先遇到导师或有一个类似的契机。可能你还不是很清楚。按照我的理解，这就是说主人公越过第一道边界的决定必须是在内在动机和外在契机的共同作用下才能做出。内在动机是指让主人公行动的内在动力，比如主人公的缺失以及为满足缺失而形成的欲望，除此之外，主人公的好奇心等也可能成为内在动机。像电影《指环王：护戒使者》（2001）的主人公佛罗多，就不是因为缺失和欲望才加入魔戒远征队，而是出于对冒险的好奇。好奇心强的主人公怀着对未来的期待，进入了第二幕（非常世界），但仅靠内在动机是远远不够的。在沃格勒的情节结构中，主人公虽被邀请去参加冒险，但他担心冒险会破坏自己原本满意、平静的日常生活，从而拒绝了邀请。这时，帮助他跨越这些障碍的外在契机便是导师的劝告。主人公佛罗多从伯父比尔博那里获得了至尊魔戒。甘道夫劝说佛罗多赶快离开夏尔村，因为至尊魔戒是危险之物，索伦正准备夺取它。好奇心很强的佛罗多在甘道夫的劝说下，踏上了破坏至尊魔戒的道路。所以说，主人公是在好奇心（内在动机）和导师的劝导（外在契机）的共同作用下，才开始了远征。

那么，在其他故事里，这一部分又是如何体现的呢？在《汉江怪物》中，主人公康斗正沉浸在女儿丢失的悲痛中时接到了被怪物绑架的女儿的电话。虽然他将这一事实告知了政府相关人员，却没有人理会。康斗最终逃出了医院，跑到了汉江。主人公在缺失（失去女儿的悲伤）

的基础上，又进一步受到了外在契机（女儿打来的电话）的刺激，两者共同作用，推动故事进入了第二幕。《光海，成为王的男人》中的河善和《出租车司机》中的金满燮，为了解决经济困难（缺失）而抓住了赚钱的机会（接受许筠的提议/彼得的提议）。主人公为了消除自在存在缺失而产生的自在存在欲望成了内在动机；与此同时，主人公又受到了外在契机的刺激，两者共同作用，才使得主人公付诸实际行动。例如，在灾难片中，当灾难发生（序幕），主人公被笼罩在死亡的阴影下时，他会为了躲避灾难而走上逃生之路。这里的灾难便是外在契机。

好莱坞故事理论⑥
罗伯特·麦基的叙事理论

在韩国最有名的好莱坞故事理论家是谁？当属克里斯托弗·沃格勒和罗伯特·麦基。罗伯特·麦基的叙事理论还可以应用在文学作品创作中。他的著作《故事》是一本畅销全球的故事理论书，大家都对《故事》赞不绝口，将其称为剧本作家的圣经。虽然这本书可以给你一些创作故事的灵感和创意，但罗伯特·麦基的叙事理论非常晦涩难懂。可能因为罗伯特·麦基开叙事研讨会像开巡回演唱会一样频繁，所以总感觉他仿佛在对我们说："难吗？如果你想真正弄明白，就来参加我的故事创作培训班吧！"

罗伯特·麦基对情节的分类方式，体现了他并非仅仅是故事理论家，而是将故事理论应用到文学作品创作的作家。罗伯特·麦基将情节分为3类，分别是经典的追求闭合式结局的大情节，崇尚简约主义、追求开放式结局的小情节，以及作为艺术美感的追求非线性叙事的反情节。他还建议商业性故事应当按照大情节叙事。罗伯特·麦基对情节的分类不仅能应用于商业性故事，可以说是所有故事的哲学和叙事指南，这从他的著作取名为《故事》也可见一斑。

　　与他所定义的情节结构的复杂难懂相比，他对此情节结构的解释却显得过于简单、敷衍。不过我觉得，比起麦基的叙事理论的概念图，建置主人公欲望的概念图更能显示出他的理论的魅力和优点。

罗伯特·麦基的叙事理论概念

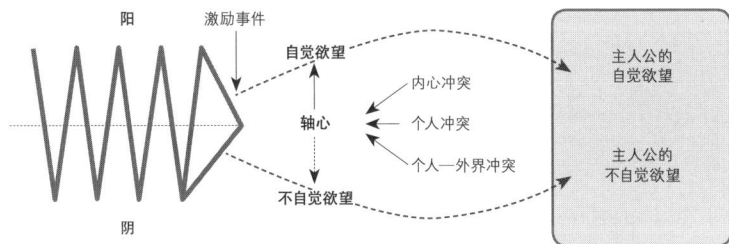

建置主人公欲望

　　本页建置主人公欲望的概念图，将情节结构用公式表示出来，可以深入地理解情节结构。上图展开来说就是：主人公在阴阳之间过着安稳的生活，激励事件促使他开始追求自身欲望（主人公的自觉欲望和不自觉欲望）。主人公以两种欲望为轴心，在经历了三个不同的冲突后，欲望得到了满足。所以说在故事创作中，应当在定义（建置）主人公的两种欲望方面倾注心血。

　　按照我的理解，应该是主人公通过激励事件（导入事件），先向着自觉欲望移动，在经过中间点（转折点）后，又向着不自觉欲望移动。只不过自觉欲望和不自觉欲望之间的关系，就如同现象与本质的关系，只是层次不同而已，它们就像硬币的两面，最终还是相辅相成的。

　　罗伯特·麦基所研究的课题是全方位的、多种多样的。他的理论非常全面，但由于过于强调故事的文学性，因此在实际影视剧故事创作方面作用不太大。

好莱坞故事理论⑦
剧本创作软件DramaticaPro的故事理论

　　2016年，谷歌的"阿尔法狗（AlphaGo）"和韩国围棋九段棋手李世石的比赛，引发了人们的争论，那就是人工智能究竟进化到了何种程度。许多人自我安慰道，人工智能又如何，只要它还是电脑程序，就无法拥有人类特有的情感，比方说人工智能就不会创作故事。事实果真如此吗？我觉得我们还不能对此妄下定论。韩国人对剧本创作软件DramaticaPro和剧本编写软件FinalDraft还比较陌生，美国创作者却很熟悉，它们于1993年首次面世。尤其是剧本创作软件DramaticaPro广受电影故事创作者的喜爱。这些软件未来很可能成为故事界的"阿尔法狗"。

　　剧本创作软件不仅用于电影故事创作，还可以用于电视剧故事创作，为创作者提供了实用的故事理论。它摒弃了传统的三幕式结构，采用四幕式结构。还将四条故事线合理地设置好，这四条故事线也可以看作是角色的故事线，包括整体故事线、主要角色、冲击性角色、主要角色/冲击性角色。这些理论可以帮助创作者清晰地设计出故事，这真是令人惊叹不已！

剧本创作软件 DramaticaPro 的故事理论

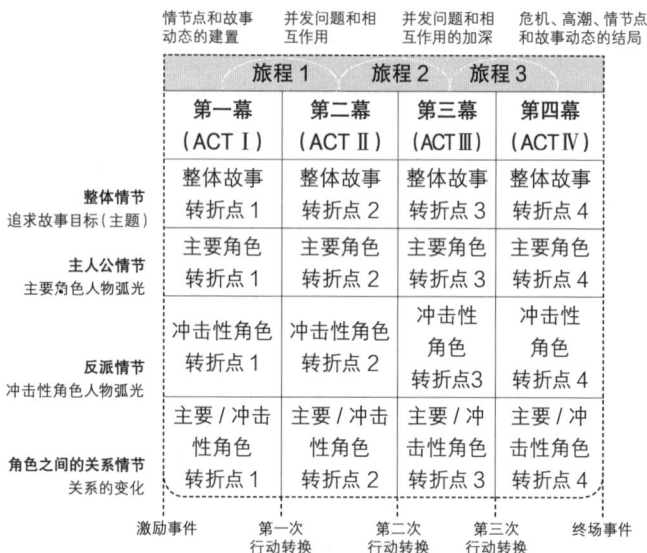

	情节点和故事 动态的建置	并发问题和相 互作用	并发问题和相 互作用的加深	危机、高潮、情节点 和故事动态的结局
	旅程 1		旅程 2　旅程 3	
	第一幕 （ACT Ⅰ）	第二幕 （ACT Ⅱ）	第三幕 （ACT Ⅲ）	第四幕 （ACT Ⅳ）
整体情节 追求故事目标（主题）	整体故事 转折点 1	整体故事 转折点 2	整体故事 转折点 3	整体故事 转折点 4
主人公情节 主要角色人物弧光	主要角色 转折点 1	主要角色 转折点 2	主要角色 转折点 3	主要角色 转折点 4
反派情节 冲击性角色人物弧光	冲击性角色 转折点 1	冲击性角色 转折点 2	冲击性 角色 转折点3	冲击性 角色 转折点 4
角色之间的关系情节 关系的变化	主要 / 冲击 性角色 转折点 1	主要 / 冲击 性角色 转折点 2	主要 / 冲 击性角色 转折点 3	主要 / 冲 击性角色 转折点 4
	激励事件	第一次 行动转换	第二次　　第三次 行动转换　行动转换	终场事件

好莱坞故事理论⑧
布莱克·斯奈德的"救猫咪"

　　布莱克·斯奈德的"救猫咪"故事理论最初发表于2005年，他的理论应用在《驯龙高手》《地心引力》《冰雪奇缘》等电影中，最近它又重新受到大家的关注。这一理论虽然存在一定的缺点和局限性，但它还是非常有用的。一般创作新人或初学者，都能依靠它轻松地创作出一个故事。布莱克·斯奈德于2009年不幸去世，但他的成就非常了不起。

　　也许有人会好奇这个理论为什么被命名为"救猫咪"。其实，虽然猫是能与人类一起生活的动物，但它们却和野生动物一样过着独来独往的生活。路边很多流浪猫都处在可能被轧死的危险之中。美国人认为从危险中拯救猫的行为，是善良、正义、帅气之举。布莱克·斯奈德可能觉得故事的主人公，应该像拯救猫咪的人一样，是一个帅气的人，所以才起了这样的题目。

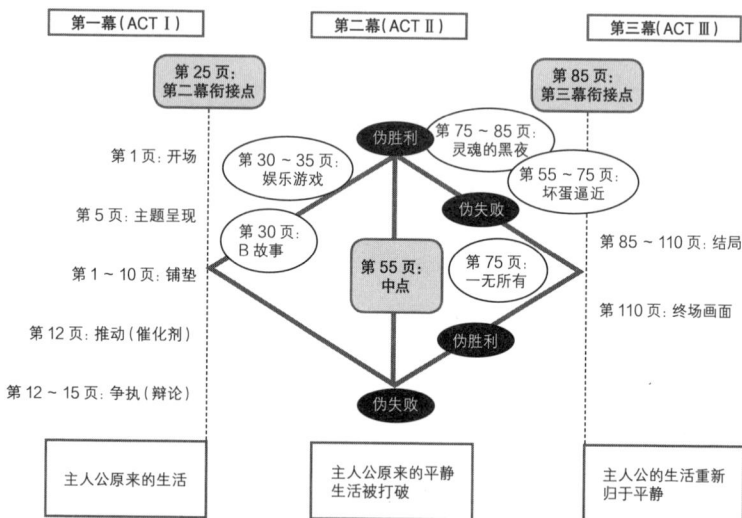

第一幕(ACT I)	第二幕(ACT II)	第三幕(ACT III)

第 25 页:第二幕衔接点

第 85 页:第三幕衔接点

第 1 页:开场

第 30~35 页:娱乐游戏

伪胜利

第 75~85 页:灵魂的黑夜

第 55~75 页:坏蛋逼近

第 5 页:主题呈现

第 30 页:B 故事

伪失败

第 85~110 页:结局

第 1~10 页:铺垫

第 55 页:中点

第 75 页:一无所有

第 110 页:终场画面

第 12 页:推动(催化剂)

伪胜利

第 12~15 页:争执(辩论)

伪失败

主人公原来的生活

主人公原来的平静生活被打破

主人公的生活重新归于平静

　　"灵魂的黑夜""一无所有"等表述不仅可以给创作者带来直观感受和灵感,而且还可以成为意味深长、很有用的指南。布莱克·斯奈德通常把 120 分钟电影的剧本篇幅看作是 110 页,他帮我们列出了一组镜头应占多少页的篇幅。

　　可能你会感到惊讶,原来不止《地心引力》和《冰雪奇缘》,连《汉江怪物》也可以用"救猫咪"理论去分析。你可能还会不自觉地感叹:"原来情节(情节结构)是这样的。居然可以做到如此精彩的程度!"在看过《冰雪奇缘》和《地心引力》后,你如果想知道在部分节点,故事为什么要那样展开呢?那么我希望你看一下第110~111页的表格。要知道这表格中的内容都是"救猫咪"情节结构中所要求必须包括的部分。

　　看"主题呈现"这部分,在《地心引力》中,马特告诉瑞恩阅读飞船指南的重要性;在《冰雪奇缘》中,石头精灵说"只有真爱才能治愈艾莎"。这些能否被看作是电影的主题还是个疑问,而且主题呈现得过于直白了，让人觉得主题抛出的方式莫名其妙。而在后半部分"灵魂的黑夜"，不管是《冰雪奇缘》中的克里斯托夫突然意识到了自己的爱而奔向城堡，还是在《地心引力》中死去的马特突然出现，指点瑞恩"从飞船指南里可以找到答案"，这些场面都让人感觉非常虚假。但即便如此，也不能说这些问题是"救猫咪"理论固有的问题，更不能说理论和实践是不一样的。只能说理论虽然是故事创作的标杆，但它并不是万能的。

从德国剧作家古斯塔夫·弗赖塔格重新解释亚里士多德的三幕式结构开始，到现在为止，情节结构的发展是怎样的呢？仔细观察一下便可知，情节结构被规定得越来越细致了。一方面，大家会觉得安心，因为以后只要按照规定去创作就可以了；另一方面，大家又担心日后创作出的故事会不会都千篇一律、过于老套。事实上，现在能够发挥作家创意性和自主性的机会，以及留给作家的创作空间确实在减少。虽然这种故事理论有时会因破坏和限制故事创作者的创造力而遭到反对，但对于刚刚走上故事创作道路的创作新人和制片人们，它还是很受欢迎的。

其实可以说，正是因为投资者觉得一部制作费为2亿~3亿美元的电影的票房不能完全指望作家，才使得故事理论迎来了百家争鸣的时代。但令人遗憾的是，作家的权力因此而减少了。事实上，作家的权力减少并不是因为故事理论，而是因为随着以资本为中心的市场体系的强化，电影市场也面临着资本的压力。而且，这种现象和风气，不仅存在于好莱坞，在全世界也很普遍。

布莱克·斯奈德（"救猫咪"）		中间点以前	地心引力（2013）	冰雪奇缘（2013）	汉江怪物（2006）
<第一幕>正题故事展开以前的世界	开场画面	1%	·从太空中看到的地球面貌	·下雪的天空	·驻韩美军实验室排放出的剧毒物质导致物种变异
	主题呈现	5%	·正在检查空间站的工程师们·马特告诉瑞恩阅读飞船指南的重要性	·艾莎使用冰魔法不小心击中安娜·石头精灵说"只有真爱才能救安娜"	·一家人在汉江边上经营着小店，过着平静的生活·康斗是个女儿奴，也很疼爱自己的弟弟妹妹
	铺垫	1%～9%	·马特劝告瑞恩学习飞船指南	·艾莎被囚禁·孤独的安娜	·汉江岸边的游人发现了悬挂在汉江大桥上的怪物
	催化剂	9%～11%	·飘浮在太空中的废弃碎片袭来，致使瑞恩与其他同事分开	·在艾莎继承王位的加冕日，城门被打开	·怪物见人就攻击，女儿贤瑞不幸被怪物抓走了
	争执	11%～22%	·瑞恩的氧气快要用完，陷入危机。马特前来帮忙	·因艾莎的冰魔法，加冕典礼被搞得一团糟，艾莎很害怕，逃出了城堡	·葬礼上的幸存者被送往医院监禁起来
<第二幕-A>反题：与第一幕的世界截然不同的世界	第二幕衔接点	22%	·马特让瑞恩学习呼吸技巧以减少氧气的消耗	·安娜为寻找艾莎也跑出了城堡	·接到女儿的电话后，康斗和家人们得知女儿还活着，于是纷纷逃离医院
	B故事	22%～27%	·瑞恩和马特的B故事拉开帷幕	·安娜见到了克里斯托夫，决定与他同行	·康斗的弟弟妹妹（南日和南珠）构成了B故事
	娱乐游戏	27%～50%	·两人本想驾驶飞船前往国际空间站，但并未成功，于是改成前往中国空间站·马特坠落了下去，处于生死关头	·两人一起出发前往雪山，却遭到了狼的攻击·见到了雪宝（雪人），与雪宝一起前往冰雪宫殿·另一边，汉斯召集城中的人展开追杀	·乞丐兄弟俩中的哥哥死了，弟弟在藏身之处遇到了贤瑞·在小店里，康斗和弟弟妹妹争吵不休，不过在父亲的劝说下和好了，双方加深了对彼此的理解

续表

布莱克·斯奈德 （"救猫咪"）		中间点以前	地心引力 （2013）	冰雪奇缘 （2013）	汉江怪物 （2006）
<第二幕-B>反题：与第一幕的世界截然不同的世界	中点	50%	·为了保全瑞恩，马特主动断了绳子 ·现在只剩瑞恩孤身一人了	·在安娜和艾莎争吵时，安娜的心脏被冰魔法打中，命悬一线	·一家人再次遇到了怪物，父亲死了，弟弟妹妹逃走了，康斗被再次送往医院
	坏蛋逼近	50%~68%	·瑞恩一人乘国际空间站推进器前往中国空间站	·汉斯追到了艾莎，准备把她押送到城堡里 ·克里斯托夫把安娜带到了城堡里 ·汉斯原形毕露	·南日通过新闻得知了美军介入的消息 ·多亏在运营商工作的朋友的帮助，南日确认了贤瑞的位置，但在发送完短信后，南日昏了过去
	一无所有	68%	·瑞恩发现国际空间站推进器的燃料已用尽	·安娜被冻住，奄奄一息	·南珠也因怪物的攻击昏厥了过去 ·康斗马上要被送去做脑部手术
	灵魂的黑夜	68%~77%	·瑞恩打算自杀 ·瑞恩出现幻觉，看到了马特，他鼓励她并教她看飞船指南	·为了救安娜，雪宝开始点火 ·克里斯托夫返回城堡	·躲在怪物藏身之处的贤瑞和乞丐弟弟，正试图逃脱，却遭到了怪物的攻击 ·南珠和康斗朝着贤瑞所在的地方跑去
<第三幕>合题：第一幕的世界和第二幕的世界结合的世界	第三幕衔接点	77%	·瑞恩按照飞船指南的说明，打算使用着陆火箭	·安娜为了见克里斯托夫，跑出了城堡	·三兄妹都来到了案发现场
	结局	77%~100%	·因马特的指点和鼓励，瑞恩打算做最后的尝试 ·视角转为从地球上往太空看，瑞恩的飞船出现在地球上空	·正当安娜和克里斯托夫马上要相遇时，汉斯正准备杀掉艾莎 ·安娜替艾莎挨了汉斯的刀，艾莎因此克服了内心的恐惧，击退汉斯	·康斗从像是死了的怪物嘴里救出了贤瑞和乞丐弟弟，但发现贤瑞已经死了 ·怪物醒了过来，准备逃到江里去。康斗负责阻拦，南日和南珠负责攻击 ·南日和南珠用燃烧瓶攻击怪物，怪物被烧死了
	终场画面	100%	·瑞恩站在地球上，抬头望向太空	·城堡终于重新回归安宁	·正在看新闻上美国发表调查结果的康斗 ·康斗和乞丐弟弟共同生活

暂停一下！
一起来看一下东方故事的起承转合

　　从古希腊的亚里士多德到近代德国的古斯塔夫·弗赖塔格，再到现代好莱坞各种各样的故事理论，西方的故事理论可谓五花八门，那么东方的呢？令人遗憾的是，东方并没有什么故事理论，只有起承转合这一概念。虽然这一概念最初是中国文人在研究诗文结构章法时提出的，但现在被普遍应用于需要较强逻辑性的文章创作上。

　　提到情节（情节结构），你们最先想到的词语是什么呢？韩国的大部分人会回答"起承转合"。从议论文到现代小说，在各种文体形式中都可以灵活运用这一概念。韩国迄今并没有什么有关起承转合的思想和理论研究。

　　维基百科（韩国版）在介绍起承转合时，举了高丽王朝中期的文人郑知常（1084~1135）所写的诗歌《送人》加以说明。我感觉非常恰当，于是照搬如下。

> **<起句>雨歇长堤草色多，**
>
> ※ 描写雨过天晴后，河堤的景象，概括诗歌的中心思想。
>
> **<承句>送君南浦动悲歌。**
>
> ※ 送君离去的悲歌与前面绿色的河堤形成对比，悲伤色彩更浓郁。
>
> **<转句>大同江水何时尽，**
>
> ※ 带着对大同江水莫名的怨恨，提出了江水什么时候干涸的问题，这是诗歌主题思想的转变。
>
> **<结句>别泪年年添绿波。**
>
> ※ 意思是说由于离别的眼泪太多，大同江水并不会干涸，把承句与转句连接在一起，留下余韵。

起承转合与现代故事创作理论有相通之处。之前西方故事创作的基本结构还沿袭古希腊戏剧的三幕式结构，如今已变成了四幕式结构。从这一点来看，起承转合和西方故事理论的四幕式结构几乎是一致的。

就像亚里士多德把故事的中间点看作主人公命运转换的时间点一样，起承转合中的"转"就是转折点的意思。

有趣的是，如果分析美国电视剧每集的剧情，你就会发现每集故事的展开都完全契合起承转合的情节结构。以好莱坞为代表的现代故事理论，为适应时代复杂的特点不断发生改变，如今竟与东方传统的起承转合概念一一对应，不得不令人称奇！

那么，韩国的故事创作理论发展如何呢？到目前为止，在该领域做出最大贡献的是作家沈山。他自1999年以来便开办剧本研讨会，把好莱坞的故事理论介绍到韩国，还给许多创作者提供了诸多富有灵感和教育性的指导，我对此敬佩不已！我在本书中介绍了关于故事创作的一些思想和理论，并在此基础上提出了由4幕—24个单元格情节结构所组成的创作故事方法。在我看来，它可以和好莱坞的故事理论相提并论，也可以对故事创作给予各种有益的指导。具体内容，我将在下一章展开详细介绍。

第四章

"欲望的配方"

讲述 "情节的魔法"

我们之所以学习"情节的魔法"，
是为了将所有力量集中在创意能力上。

用情节说话

"主人公究竟是为了'什么',不惜一切代价,踏上充满考验和艰难险阻的'旅程'?"

这里的"什么"既是故事写作的目标,也是故事的主题,它既指的是我们这个时代所期待和追求的价值观,也是主人公追求的欲望对象。"旅程"是指主人公在故事中遭遇的坎坷,尤其"旅程"还象征着题材故事必须符合的故事模式。例如,恐怖故事的导入部分,通常会发生灾难(灾祸)等主要事件,人们应对该事件的第一次行动计划开启了故事的第二幕。在浪漫喜剧故事的导入部分,男女主人公第一次见面通常会不愉快,而后不得不共处,由此开启第二幕。

故事的核心如果说是回答"主人公究竟是为了'什么',不惜一切代价,踏上充满考验和艰难险阻的'旅程'?"的问题,那么答案就应该简洁明快,用四句话梗概就可以说明整个故事,或者用一句话梗概对故事进行概括。我见过很多创作者都不熟悉这样的说明和表达方式。即便如此，我仍会提出一些棘手的问题，比如"你想表达什么""创作这一故事的理由是什么"。然后我还会要求对方用一句话或四句话梗概对这一问题进行回答。

　　创作者当然觉得这很难做到。试想有人问你"你为什么活着""人类到底为什么而活"。你会不会感觉眼前发黑，脑袋一片空白？因为这些问题确实很难回答。但创作者还是要回答，因为他们用自己的哲学和想象创造了故事中的世界，并邀请大家（读者、观众、听众等内容消费者）到访自己创造的世界里来。如果邀请大家时不能说明自己创造世界和万物的原因，试问谁能欣然应邀并在其中获得满足呢？

　　创作者的创作意图体现了故事的主题和梗概，但有时这些创作意图被优美的表达修饰得模糊不清，很多情况下让人感受不到真诚，读起来感觉云山雾罩。故事主题体现的是创作者的真实感受，来源于创作者的真实体验。如果观众不认为这是创作者自己的故事，又或者不能站在创作者的立场上感受其想表达的真切感与真实感，那么观众就没有了看下去的动力。其实创作者创作故事并向全世界展示，等于占有了别人宝贵的时间和日常生活，是让那些只沉浸在自己日常生活中的人们，抬起头、集中精力向前看并充满激情。这样的事件怎么会简简单单就能做成呢？

情节到底是什么？

下面介绍故事创作中非常重要的核心概念。

● 故事

维基百科（英文版）对故事的定义：故事是为了令他人高兴而创作的虚构的人物和事件。

根据这一定义，故事就成了谎言。可以说，故事是一种令他人高兴的谎言，是善意的谎言。即便是历史上真实存在的人物或事件，只要不是纪录片，而是通过故事展示的话，这些人物或事件也不过是提高真实性和信任度的素材而已。不需要按照事实对其进行描述，如若一味按照事实描述，那就不成为故事了。

这就需要创作者有主题统一的意识。以好莱坞电影《林肯》

（2012）为例，林肯受到世人的尊敬，他在担任总统期间，为了通过宪法第13修正案、废除奴隶制，不惜对议员们采取说服、泣诉，甚至是采取收买、强迫、欺骗等手段。这是多么极端又多么戏剧化的事实呀！这部电影讲述了当时的经过，那些想了解林肯的观众，在电影院看到电影中行事不那么光明磊落的林肯，一定会感到失望。当时美国有2 300余家电影院放映该电影20周，但该电影的票房可谓惨淡。这也从反面印证了叙事的真理，即创作者应该了解大家想看到的东西并将其反映到故事中去。

2014年前后，韩国文化体育观光部和韩国文化振兴院为制定《故事产业振兴法》，举行了几次听证会。当时对故事的定义是"为引起需求方（特定的）的情感反应，生产方对人物、事件、背景等要素（基于想象和虚构）刻意排列而创作的产物（梗概）"。

以往对故事的定义较为片面，不成体系，而在制定《故事产业振兴法》的过程中得出的故事的定义则比较全面，涵盖了现代故事所具有的在不同领域展开的可能性，意义深远。

这与上文中对故事的定义有共同之处。

第一，叙事的目的是让人们产生"特定的情感反应"，即为了让人们陶冶情操。大部分情况下，故事是为了让人们产生愉悦之情，但有时也是为了让人们产生愤怒、悲痛、恐惧的情感反应。这里所说的"愉悦"也并非只有娱乐式的愉悦，人们从故事中得到思考和省察，领悟人生的真理，也是得到愉悦，即精神陶冶。所以"特定的情感反应"意味着愉悦或精神陶冶，是可以分享的情感反应，这一反应以人们对创作者想要表达的主题的认同和共鸣为前提。

第二，故事的源头和前提都是以"想象和虚构"为基础的，无论故事涉及哪些特定事实和事件，它都是按照特定主题重新解释并浓缩、重组或变形的，因此故事是与实际事件不同的想象和虚构。

第三，故事的功能性要素包含人物、事件、背景。

● 情节或情节结构

严格来说，情节和情节结构的意思并不相同。情节指在一个由开头、中间、结尾构成的故事中，主人公展开的行动中具有因果关系的核心行动构成，即，原因1→核心行动→结果1/原因2→核心行动→结果2，它们构成了主人公的故事。例如，《与神同行：罪与罚》（2017）中的金子洪在火灾中牺牲，到地狱接受审判，他听说如果顺利通过审判，就会短暂出现在活人的梦里，所以他想努力通过审判。但风波和考验不断出现，导致他很难顺利通过审判，他得知是因为弟弟金秀洪才会出现这种局面。江林代替金子洪到了地狱，请求为死去的金秀洪平冤。到了最后一场审判时，金子洪和妈妈解开了心结，他终于到了天堂。这个故事中的情节就是围绕金子洪的欲望形成的因果关系展开的行动。

情节结构是体现情节的手法。无论是迈克尔·豪格的6阶段情节结构，还是克里斯托弗·沃格勒的12阶段理论，又或者是布莱克·斯奈德的15阶段理论，或者是我提出的4幕—24个单元格理论，谈论的都是情节结构。情节结构是用来定义主人公引领的主要情节。一般也使用故事结构一词，可以认为这个概念是包括主要情节和次要情节在内的整体故事结构。不过，区分这些概念的意义不大，所以通常混用。换个角度，我们再了解一下情节。维基百科（英文版）对情节的定义如下：

　　情节是叙事性（或传承的、文学的）用语；是构成主要情节结构的事件。这些事件按照一定的模式或顺序相互关联，相互构成因果关系；读者通过情节理解故事；或者情节单纯是由偶然构成的因果关系。通常，创作者会遵循事件模式，达到艺术效果或情感效果。

　　需要注意的是"读者通过情节理解故事"。创作者习惯性地把故事梗概填满，但真正的消费者并非借助故事梗概来理解故事，他们利用的是因果关系，即情节来理解故事。这就是为什么我一直强调在写故事之前，要集中精力设计故事情节。创作者应该注意不要一味关注故事梗概。首先，应该建立由因果关系构成的事件，即建立情节=故事的骨架，再补充梗概=故事的血肉。如果不这样做，故事就如同空中楼阁，会陷入很难与消费者达成共鸣的背离状态。接下来，我们再来看一下维基百科（英文版）的解释。

　　"因为……所以……"式的因果关系连接的事件构成了情节。情节体现的是故事的重点和梗概。安森·迪贝尔主张"情节用耐人寻味的事件构成"。因为这些事件会导致重要的结果，所以耐人寻味。因此，情节有时也被认为与梗概具有同样的意义。"

　　这里举个简单的情节例子，他虽然很穷，但很善良、正直，并努力地活着（原因1）。但在这个险恶的世界上，善良、正直的人活着是多么艰难啊！考验和挫折袭来，危机逼近，他饱受苦恼和矛盾折磨（结果1）。这时，他想起已经去世的母亲的话，即使最终面临更加艰难的情况，也坚守自己的原则和信念（原因2）。上天没有抛弃他，他最终收获了巨大的幸福（结果2）。这就是情节，所以情节是表现故事主题的最佳手段。那么，故事梗概和情节有何区别呢？维基百科（英文版）用下面的图说明了二者之间的区别。

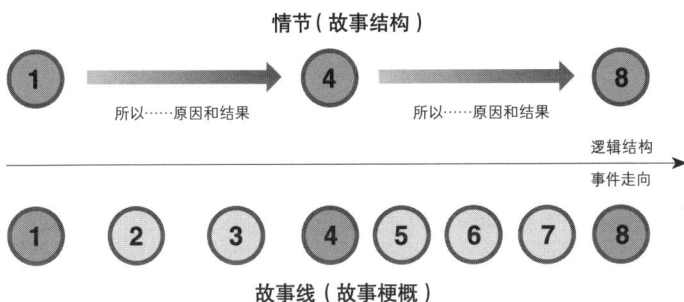

情节（故事结构）

① ━━━━→ ④ ━━━━→ ⑧

所以……原因和结果　　　　所以……原因和结果

逻辑结构
事件走向

① ② ③ ④ ⑤ ⑥ ⑦ ⑧

故事线（故事梗概）

上面的 ①~⑧ 表示一系列的镜头，该图由安森·迪贝尔绘制，他主张所有完整的故事原则上都由 8 组镜头构成，并在此基础上绘制了该表。如果有人认为应该像克里斯托弗·沃格勒主张的那样，一个故事由 12 组镜头构成，那么这里就要写 ①~⑫。

如上表所示，故事线将构成故事的事件/镜头，按照时间顺序排列或罗列起来，而情节由存在因果关系的耐人寻味的事件/镜头构成。

关于欲望：从哲学中寻找答案

概括一下维基百科（英文版）的定义，情节由存在因果关系的耐人寻味的事件/镜头构成。那么，无论什么样的事件/镜头，即无论主人公的核心行动是什么，如果能构成因果关系，就可以形成情节，最终就可以写出有魅力的故事，这种说法对吗？我们应该如何定位故事的动力，即主人公的欲望呢？主人公的欲望是耐人寻味的事件/镜头产生的原因吗？那可以从单纯定义主人公的欲望开始吗？欲望是人生来就有的本能吗？

只有（观众对故事的）情感参与才能体会到作品中围绕角色展开的事件。如果主人公没有追求目标的强烈欲望，那么这个故事就无法向前推进。又或者，如果无法对主人公的欲望产生共鸣或赞同，那观众或读者就无法把注意力集中在故事上，甚至还可能感到没必要进行阅读。

　　"欲望"是创作者定义故事风格的必要因素，试问："《独立日》是一部怎样的电影？"大家可能会回答："这是一部讲述人们为了守护赖以生存的地球与入侵的外星人展开斗争的故事。"阅读或介绍电影或电视剧的梗概的话，则可以发现其中都提到或包含了主人公追求的核心——欲望。

——《欲望：成功剧本的动力》迈克尔·豪格著

　　就是这样！成功的故事中有主人公的强烈欲望，这一欲望反映了我们生活的时代的欲望，那么时代的欲望是什么呢？从对人类本质的理解到对我们生活的世界的反省，如果不知道如何实现个人幸福，将很难理解时代的欲望的真正面貌。即便知道，再将其重新解释或表达成故事，也是难上加难。故事应该有趣这一命题本就很难实现，况且还要通过故事反映时代的欲望！任何一个成功的故事的诞生都很艰难。

　　但主人公的欲望缘起何处呢？最终还是要在故事开始之前，理解人类的欲望。唯有如此，我们才可能对该问题做出回答。我在阅读现代哲学，尤其是雅克·拉康[①]的欲望理论时找到了答案，虽然不知道我是否正确理解了他的哲学思想，但至少可以确定的是，我已经理解了故事（创作）的思想。

　　雅克·拉康把人类生存的世界定义为"巨大的语言秩序"，根据这

[①] 雅克·拉康，法国精神分析学家。拉康是解释弗洛伊德学说的第一人，享有国际盛名。拉康强调语言反映了无意识的世界，他还尝试将现代语言学、哲学与诗学中的语言研究引入精神分析。拉康的主要成果在于他重新解释了弗洛伊德的学说，这成为20世纪后期法国结构语言学的基础。

一说法，人类存在的本质就是缺失。因此，人类无法满足于充满缺失的存在，费尽力气填补这一缺失，这就是欲望的满足。但欲望得到满足的瞬间，人类就会发现这并不是自己真正期待的东西，只不过是无法百分之百得到满足的欲望的替代品。因为人类想通过他者这一替代品来实现自己的欲望，但只要他者也存在缺失，就只能是无法百分之百实现的不完整的存在。因此，人类无法对一个替代品感到满足，只能不断转向其他替代品。这就是雅克·拉康的欲望是一种转喻。

世间无数男人和女人相遇、相爱、分手。有人认为，令人类奋不顾身的爱情荷尔蒙的有效期只有两年，两年之后爱情的狂热就会退却。一个男人向他曾经爱过的女人抗议："爱情怎么会变质呢？"雅克·拉康对此如何做出回答呢？他会回答："因为我们是人！因为你是无法百分之百满足我的欲望的替代品！"

这种说法不仅仅局限于爱情，为什么人们会不断消费故事？为什么有时明明知道故事是谎言却还要打开电视、跑到电影院和书店去呢？这也可以借助雅克·拉康的欲望是一种转喻来理解。在人类和世界都有缺失的现实中，依靠想象和虚构满足欲望就只能依靠故事。没有人满足于自己的现实生活和天生的命运，他们为了成为崭新的、更好的自己，追求挑战和改变，希望收获幸福。即，人类从出生起就是追求绝对者，梦想自己拥有完美的人格，就这样想象着自己的人生，设计、追求并付诸行动。任何人都会在死亡的瞬间感到后悔，因此，梦想着拥有绝对完美人格这件事本身就是徒劳的。但明知道是徒劳，却无法停止，所以人类只能凭借想象和虚构的力量坚持着。人类梦想着从本我到自我，再到超我。超我是绝对无法实现的梦想，从这一点来看，可以说人类的努力就是徒劳的苦行。但人类并不因为徒劳就放弃，还是不断追求，这就是人类的自我证明。

　　欲望源于缺失，缺失是人类存在的第一本质；欲望是缺失的结果，反过来又成为人类行动的出发点。缺失和欲望就像永无尽头的因果关系一样纠缠在一起。

● 情节的简单定义：缺失和欲望的因果结构

　　需要再次强调的是，主人公面对事件进行行动的动力就是欲望。为什么要在沙漠中寻找绿洲呢？那是因为口干舌燥，想要缓解口渴。俗话说"牛不喝水难按头"，即使再漂亮的绿洲，如果主人公没有缺失，就没有必须填补并超越现实中的缺失的认识、想法和意志，也不会朝着目的地（欲望的对象）前进。结论就是如果设定了主人公的缺失，那自然就应该描绘他的欲望。

　　接下来以电影《7号房的礼物》为例，以4幕结构为基础，简单整理该电影的故事梗概。

　　＜第一幕＞　龙久是一位智力障碍人士，虽然生活贫苦，但他和年幼的女儿过着幸福的生活。不料，他却卷入了警察厅厅长女儿的死亡事件中。仅仅因为龙久是一位贫穷的智障人士，警方便将他锁定为嫌疑人，并将其关押到监狱。监狱里的生活度日如年，龙久的脑海里只有一个想法，那就是要和自己的女儿在一起。

　　〈第二幕〉　龙久特有的天真气质得到了狱友们的信任，也消除了教导官对他的敌意。在狱友们的努力下，龙久的女儿被成功地带到牢房和他一起生活，但快乐只是暂时的。这件事情被教导官发现之后，龙久再次与女儿分开。

　　〈第三幕〉　怎样才能与年幼的女儿一起生活呢？如果不能把女儿带进监狱，那就只剩下一个办法，就是让龙久出去。为了证明龙久无罪，在相信他无罪的 7 号房的狱友们和教导官的帮助下，龙久被再次审判。但警察厅厅长一直对龙久充满敌意，他通过暗中操作，导致龙久被判死刑。

　　〈第四幕〉　在女儿无法进入监狱，龙久也不能出去和女儿见面的情况下，最后的选择、最终的决战是什么呢？那就是帮龙久越狱。所有人齐心协力，制造了热气球，打算趁女儿的学校来监狱进行圣诞节表演时送父女两人离开，但最后的努力失败了。龙久给女儿过完生日后被执行了死刑。数十年过去了，在教导官的帮助下，龙久的女儿成为一名律师，亲自为父亲平反，最终证明了父亲无罪。

　　为更清楚解释上述故事的核心是缺失与欲望的因果关系，我制作了下面的图。

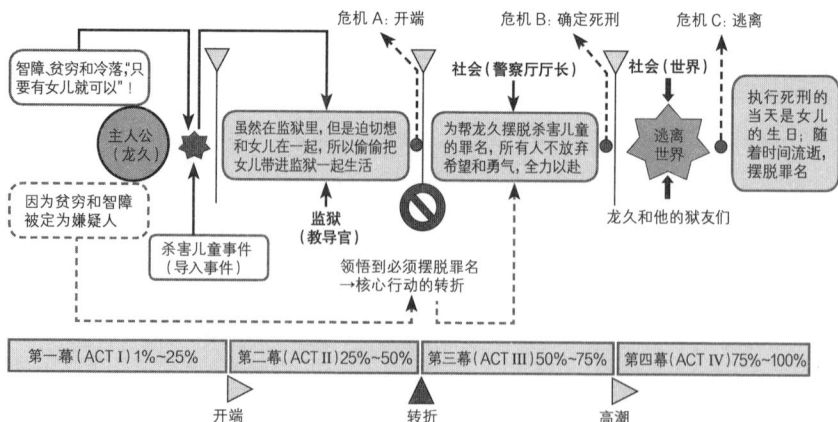

危机 A: 开端　　　危机 B: 确定死刑　　　危机 C: 逃离

智障,贫穷和冷落,"只要有女儿就可以"！

主人公（龙久）

因为贫穷和智障被定为嫌疑人

杀害儿童事件（导入事件）

虽然在监狱里，但是迫切想和女儿在一起，所以偷偷把女儿带进监狱一起生活

监狱（教导官）

领悟到必须摆脱罪名→核心行动的转折

社会（警察厅厅长）

为帮龙久摆脱杀害儿童的罪名，所有人不放弃希望和勇气，全力以赴

龙久和他的狱友们

社会（世界）

逃离世界

执行死刑的当天是女儿的生日；随着时间流逝，摆脱罪名

第一幕（ACT I）1%~25%　　第二幕（ACT II）25%~50%　　第三幕（ACT III）50%~75%　　第四幕（ACT IV）75%~100%

开端　　　　　转折　　　　　高潮

从上图可以看到故事创作中最重要的核心：第一幕中在定义主人公的自在存在缺失（肉眼可见的缺失/个人缺失）的基础上，设计了自为存在缺失→（第二幕的）追求自在存在欲望的第一个因果关系和自为存在缺失（自在存在缺失的根本原因或社会/时代的缺失）→（第三幕的）追求自为存在欲望的第二个因果关系。第四幕是第三幕的继续，是挑战情感即誓死抗争的时间，这就是情节，因此我把情节重新定义为缺失和欲望的因果结构。

我们再来看另外一个情节=缺失和欲望的因果结构的例子。

以《蝙蝠侠：黑暗骑士》（2008）为例，蝙蝠侠厌倦了自己作为黑暗骑士的生活。这时，有人冒充蝙蝠侠进行犯罪活动，让高谭市市民感到害怕，市民开始谴责曾是正义使者化身的蝙蝠侠。此时，蝙蝠侠向关系很好的女性朋友（瑞秋）表白，希望和她一起过上温馨幸福的家庭生活。蝙蝠侠现在的缺失就是对自己现在的生活感到厌倦，对谴责自己的高谭市市民产生了怀疑，以及女朋友就在身边却不能暴露身份的痛苦（蝙蝠侠的自在存在缺失）。那么，这里的自为存在缺失是什么呢？是有人威胁到个人的平静日常生活，并构成犯罪行为，是无力抗衡犯罪行为的社会体系和人类追求安逸生活的内心。

蝙蝠侠想要结束英雄的生活，开始追求平凡的幸福，但黑手党等暴力团伙再次作恶，最大的恶徒（"小丑"）也随之现身，高谭市遭遇危机。蝙蝠侠想享受平凡幸福生活的愿望变得难以实现（导入事件和蝙蝠侠的困境）。

此时，主张通过法治追求和平正义的检察官（哈维·丹特）登场（追求欲望的外在契机），蝙蝠侠想到一个可以消除自身缺失的办法，即通过将权力集中到哈维·丹特手中，构建人人期待的充满正义的社会体系。现在蝙蝠侠将自在存在欲望付诸行动，计划让哈维·丹特检察官成为高谭市的新英雄，成为人间骑士（蝙蝠侠的自在存在欲望的追求）。

看似所有事件都在顺利推进，但这只是蝙蝠侠的错觉和误判。凶恶的"小丑"杀害了瑞秋，还把哈维·丹特检察官变成了丑陋的半人半兽。蝙蝠侠对心爱之人的离世感到悲痛，计划遭遇了挫折，他的斗志被唤醒，蝙蝠侠再次决定正面出击（危机/挫折和蝙蝠侠的命运的转折）。

现在故事进入后半部分，越过命运的转折的正义使者再次出现，蝙蝠侠与"小丑"一决胜负，最后拘捕了"小丑"（蝙蝠侠的自为存在欲望的追求）。

但无论蝙蝠侠多么强大都会遭遇令他束手无策的最险恶的困境，就连哈维·丹特检察官也步入了一条凶险之路。在蝙蝠侠的攻击下，"小丑"被逼到悬崖边上。而此时，坐在不同船上的普通市民和囚犯陷入了最严峻的考验（更大的危机/挫折：主人公所珍视的人或东西毁于惨无人道的反派之手，由此触发了主人公的绝望和愤怒，使他誓死抗争）。

蝙蝠侠束手无策，面对市民和囚犯，高谭市市民将做何选择？蝙蝠侠也焦头烂额，只能等待结果。看过电影的人都知道，高谭市市民做出了正义的选择（预料之外的奖赏和祝福）。

最终，蝙蝠侠击败了变得穷凶极恶的哈维·丹特检察官，继续以黑暗骑士的身份生活着（结局/大团圆）。

《蝙蝠侠：黑暗骑士》中的蝙蝠侠是否完全实现了自己梦寐以求的欲望（个人的幸福和正义的社会体系）呢？我们很难做出肯定回答。但为什么这部电影还是受到了全世界观众的追捧呢？因为它反映了当今时代的现实。世界上的绝大多数人都找不到解决社会结构性矛盾和对立的方法，不能拥有财富和权力让人们感到挫败并陷入宿命论之中。特别是在20世纪90年代以后，新自由主义开始正式登上舞台，现代故事的趋势就是如实反映现实的萎靡和恶化。在此之前，故事中主人公的梦想都能实现，是一个只要努力工作就能获得好生活的充满希望和乐观的时代，故事反映的就是那样的时代。但现在看来，2000年之后的故事，以现实的缺失为中心的故事成为主流，甚至拥有金钱和权力的善良的主人公，也必然在追求欲望的过程中遭遇失败。

不仅是《蝙蝠侠：黑暗骑士》，《汉江怪物》中的主人公康斗找到自己丢失的女儿贤瑞了吗？《阿凡达》中的杰克·萨利实现人类与潘多拉行星和平共存的愿望了吗？《7号房的礼物》中的龙久梦想着与女儿过上幸福生活，他实现愿望了吗？《鸣梁海战》（2014）中，李舜臣的儿子问父亲战争胜利的原因，李舜臣回答是"天意"，他为什么这样回答？回顾引起很多人共鸣的高票房的电影，无论结局是否圆满，大家都好奇主人公的欲望能否得到满足。

纵观当今故事的趋势，我们可以发现，故事重点已经从满足善良的欲望转移到现实的缺失上。

主人公的自在存在缺失与世间之恶 或时代问题联系在一起

　　自在存在？自为存在？事实上，这两个概念是萨特、康德和黑格尔等近代哲学家提出的最重要议题，也是以弗洛伊德、荣格为代表人物的现代哲学的出发点。我在本书中很难对哲学问题进行深层次的剖析，只不过是对其进行简单的解释。任何人都能看出来自在存在是流露在外的表象，是个人的、外在的，简单而不加修饰的。与此相反，自为存在是本质的，是社会性的、根本性的，复杂而理想化的。大家应该学过正—反—合这一辩证法的逻辑。实际上，这一出发点就是自在存在—自为存在—自在存在和自为存在的逻辑。这和故事创作有什么关系呢？因为，无论是寻找故事的主题和主人公目标的过程，还是主人公成长和进化的过程，都是按照辩证法的逻辑展开的。

　　接下来我们来分析《王牌特工：特工学院》（2015）。

　　《王牌特工：特工学院》的主人公艾格西受到母亲和继父的虐待，穷困又无助。他虽然很讲义气，也有正义感，但自尊心遭到践踏（自在存在缺失）。所以，艾格西努力抓住成为帅气精英的机会，得到了考试机会的好结果（自在存在欲望的追求）。但由于不能放弃内心的正义和爱，最终他考试失利，这必然使他对世界感到愤怒。哈里导师是唯一给予他安慰和支持的人，哈里的死让艾格西明白了扰乱世界的暴徒的真正面目及其阴谋（自为存在缺失），艾格西展开了拯救世界的行为（自为存在欲望的追求）。放在以前，艾格西在实现自为存在欲望之后，会和意想不到的美丽的公主相爱，正式成为一名精英（同时实现自在存在欲望和自为存在欲望）。

　　很多创作新人都有一个共同的弱点：他们无法将主人公的个人体验扩展到世人的普遍体验和认知。因此，他们的创作要么没有实质性内容，要么乏味、琐碎。因为自在存在缺失也是创作者的共同经历，是他们经常看到和听到的问题，所以不难进行安排。但创作者对自在存在缺失的根本原因或大义问题，即需要进行深刻思考和反省的自为存在缺失问题，很难进行定义。故事应该始于偶然性，由可能性引领，以必然性结尾。换句话说，始于特殊性（主人公经历的个人情况和体验），终于普遍性（人们认识的普遍性的问题）。

　　虽然我不是残疾人，但我能够理解残疾人遭到无视或迫害的处境和委屈。而且我还知道，这个世界应该打破偏见和固有观念的壁垒，给予残疾人更多的理解、照顾和关心。我流着泪看完了电影《7号房的礼物》，不由得想起了我们时代的缺失以及应该改善的问题。我虽然不是出租车司机，我的家人也不是出租车司机，但当我的邻居被杀害，当残酷的独裁政权遮蔽了世人的眼睛和耳朵，此时我也可能像《出租车司机》中的满燮一样被误解和偏见迷惑。对他勇敢的反省和行动，我会毫无保留地给予同情和鼓励，并报以感谢的掌声。《出租车司机》让我感受到社会正义和一种出于大义的真实。

电视剧中常见的浪漫爱情故事又是什么样的呢？剧中的男人和女人冲破身份与阶级的壁垒，与周围人的偏见和固有观念斗争，追求美好的爱情。看着他们，我们都会产生"纵使斗转星移，爱情就应该是这样"的信念和愿望。换言之，即使故事中的主人公经历的问题和我们自己的体验（特殊性）不同，但由此可以认识到我们所有人的问题（普遍性）。所以成功的故事之所以成功，是因为它可以吸引很多人。

主人公的自在存在缺失属于特殊性（个人经验）的层面，但从现实情况来看，可根据不同的观点对自在存在缺失做出解释。追究造成个人穷困或遭遇社会性冷漠的原因时，有人（保守主义者）会认为原因在于个人的努力和诚实，也有人（激进主义者）会认为原因在于社会结构或社会体系。用激进主义者的眼光看待世界时，故事便有了延展性和影响力。为什么会这样呢？因为故事并不是针对少部分有权有势的人，它面对的消费者是占社会大多数的普通公众和弱势群体。重要的是要把主人公的自在存在缺失视为世界偏见和固有观念的问题。换言之，主人公把世间之恶或时代的课题与自在存在的缺失的根本原因联系在一起时，或认为解决社会问题（自为存在缺失）比解决自在存在缺失具有更重大的价值，且观众对此产生共鸣时，故事才能具有普遍性，进而成为震惊世界、被长久铭记的故事。

好莱坞的故事理论家罗伯特·麦基曾将故事应该解决的矛盾定义为三个层次：第一，个人的内在矛盾；第二，人际关系的矛盾；第三，超越个人的社会或宇宙矛盾。一般由小说或戏剧等小而精致的内容制作而成的故事，把个人的内在矛盾视为自在存在缺失的根本原因。与此相对的是，浪漫、友情或家庭题材的故事通常把自为存在缺失的根本原因归结为人际关系的矛盾（问题），这种故事最后通常还会上升到普遍性的主题，成为超越个人的社会或宇宙矛盾的故事，具备延展性和影响力。还有一点不要误会，超越个人的社会或宇宙矛盾的故事，处理的不仅仅是这些矛盾。因为只有解决个人的内在矛盾和人际关系矛盾，才能走向更大的矛盾。同理，讲述个人的内在矛盾的故事也必然会同时涉及人际关系的矛盾以及超越个人的社会或宇宙矛盾。

越是创作新人，越有必要集中精力、倾注心血创作超越个人的社会或宇宙矛盾的自为存在缺失的故事。即使是写作练习，也希望你能大胆进行故事创作。因为大胆创作需要丰富的想象力。那么，读到这里，人们也许会说"这样的故事需要很多钱，所以制作起来很费力吧。无论怎么努力，好像这种故事都很难被采用"。实际上，无论是新人还是有经验的人，因为故事耗资太多，创作的故事都有可能不被采纳。但那些有趣又有魅力的故事也会有如此遭遇吗？世界对创作新人的期望是：不要创作已经被人们普遍消费过的故事，要创作内容和形式新颖而大胆的故事。这里，我再多说一句，大胆的故事并不一定需要巨额的制作费。

4幕—24个单元格情节结构

我重新整理情节如下。

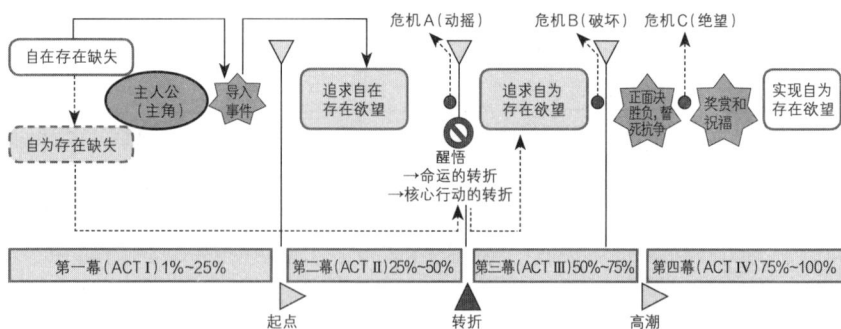

从上图我们可以看出，情节（缺失和欲望的因果结构）设定确定了4幕结构的故事线，即四句话的故事梗概和故事的主题。为了消除自在存在缺失，主人公走向第二幕的追求自在存在欲望的核心行动，

并在危机（A）结束后领悟到自为存在缺失，转变为第三幕的追求自为存在欲望的核心行动。第四幕的决一死战表达的是对反派（自为存在缺失的元凶）的愤怒和仇恨，是对第三幕的核心行动的发展，因此并不是新行动的转折。

当然，情节的设定需要安排主人公（角色）。但在实际进行故事创作时，几乎不可能在第一阶段就完成对主人公角色的设定。虽然可以用展现故事的主题来设定主人公的价值观和性格，但若遇到障碍、考验、困难和挫折，经历情感上的混乱和困境，主人公会做何判断和选择呢？如果以故事主题为基础设定角色，那么充满魅力的主人公就是故事创作的结果，而不是故事创作的出发点。因为创作者不是造物主。

如果通过情节设定确定了故事的4幕结构，即四句话的故事梗概，现在就应该创作细致完整的故事——需要填满24个单元格。

从本书第140~143页的表格可以看出，缺失和欲望的因果关系构成了4幕"欲望的配方"。第一幕是导入和建置，介绍整体的故事背景和主人公。主人公在第二幕（7）时被正式放入主要事件中，这一点成为主人公开始追求自在存在欲望的开始。转折（13）是主人公通过危机（12）领悟到真相，既开启了追求自为存在欲望的第三幕的门，也是提示整个故事的主题和目标的窗口。但反派的惨无人道夺走了主人公守护的珍贵的人或物。主人公对反派惨无人道的行为感到愤怒，对自己的无力感到绝望，通过高峰（19）走向第四幕的最终决战，这是赌上性命的决战。

以上所示，（7）开端、（13）转折、（19）高峰这3个单元格相当于3道门，加上（4）导入事件和（22）高潮，共同构成情节要点。之所以特别强调这5点，是因为它们是故事创作中最重要的部分。在填充24个单元格时，最好先设定好情节要点。情节要点一旦设定，就不要轻易改变。改变情节要点的内容，意味着要改变故事的主题、风格和目标。24个单元格是"欲望的配方"中固有的情节结构（故事结构）。熟悉了这些方面，就可以理解"欲望的配方"的全部内容，创作者就能将新颖的创意融合到完成度高的故事中。4幕—24个单元格情节结构是适用于所有故事的基本规则，也是叙事的原则。

当然，还要考虑题材的特殊性。例如，以爱情题材为主线的故事中，（2）介绍第一主角的片段；（3）介绍第二主角的片段；（4）导入事件中两位主人公相遇，去他的！为什么这种事偏偏发生在我身上！如此，两位主人公在并不愉快的初次见面中发生纠缠。在故事的第二幕（追求自在存在欲望）中，两位主人公不得不在一起。于是，他们在吵闹中产生感情，开始互相理解，并领悟到爱情的真谛。第二幕出现的反派，常是第一主角的家人或好朋友，他们的攻击对象并不是第一主角，而是身份低下的第二主角。由于他们的阻碍和反对，招致（12）危机和挫折。第二主角决定退出。危机转为机会，第一主角示爱，到达（13）转折。浪漫题材的故事的自为存在缺失，即世间之恶是对爱情的偏见和固有观念。俗话说"癞蛤蟆想吃天鹅肉"，认为世界上存在着不可超越的爱情的想法，不过是一种偏见和固有观念。浪漫故事中如何表现这一世间之恶呢？第二幕中表现的是针对第二主角的偏见、误解和攻击，那么在转折之后出现的第三幕中，描写的则是选择这种爱情的第一主角面临毁灭或死亡的危险。以第三幕为例，在电视剧《孤单又灿烂的神·鬼怪》中，为了杀死失去记忆的阴间使者金信，邪恶的鬼神对其进行攻击；在《阳光先生》中，则是爱信小姐生活的时代的阴影，这都属于前面提到的危险。这些内容，可以帮助大家思考如何根据题材的不同，以宏大的视角对24个单元格进行解释。

如果说4幕—24个单元格情节结构是叙事的基本规则的话，那么题材的规则就相当于叙事的特殊规则。题材的规则，不是与4幕—24个单元格情节结构相反或完全不同的规则，而是对基本规则进行必要的扩展。

我们再来看一下恐怖题材的故事规则，在恐怖题材的故事（4）导入事件，随着灾难事件的发展而正式开始。第二幕的自在存在欲望是摆脱灾难或想要逃离的行动，最终使主人公明白了灾难的真相，从（13）转折开始，主人公不再逃避追求第三幕的自为存在欲望，而是开始追求与灾难进行抗争。但随着主人公想要守护的珍贵人物的消失，转为第四幕的决死战斗，最终主人公战胜了灾难。看过电影《汉江怪物》或《追击者》（2008）的故事的话，就能够理解恐怖故事的规则。

"欲望的配方"：24个单元格情节结构

4幕结构定义		<第一幕> 导入与建置					
		(1)	(2)	(3)	(4)	(5)	(6)
主要情节	单元格定义	开始事件	第一次介绍主人公：平静日常生活中的缺失	第二次介绍主人公：为消极缺失做出的消极努力	导入事件	事件带来的"后遗症"（混乱/困境）	"后遗症"暂时消除→构成开端
	故事（外在）事件	介绍主人公的日常生活（精彩部分）	主人公所具备的特殊能力和遇到的事件，消极努力包括反抗和自暴自弃		主人公被卷入事件，与某人产生了纠葛	困境（对欲望的渴求和对失去的恐惧）及消除（暂时的）	
	主人公（内在）情感	主人公具备的特殊能力和价值观	构成缺失状态或开端的内在动机：①贫穷②疾病/残疾③孤立无援④隐情⑤特殊性格，以上可兼具		去他的！为什么这种事偏偏发生在我身上！	消除"后遗症"的契机：①导师的指点②情况恶化③不可抗力④触发好奇心或自负心的事件。与前面单元格（2）中的缺失相结合，走向开端	
次要情节	B故事（浪漫/次要情节）						
	C故事（助推人物情节）				指令（指令性事件）		开启第二幕的指导性的/状况性的契机
	时长进度（±5%）		1%~12%		12%~13%	13%~25%（第一幕的分量可以减少到15%：速度很重要）	

续表

4 幕结构定义	开端	<第二幕>追求自在存在欲望				
	(7)	(8)	(9)	(10)	(11)	(12)
主要情节 单元格定义	采取关键行动（做出决定）	主人公的资格考验+B故事开始	恶魔之爪（反派登场）	C故事的配角参与进来（C故事的配角并不参与故事结局）	与反派的斗争→实现自在存在欲望（错觉/误判）	陷入危机与挫折中
主要情节 故事（外在）事件	进入欲望的空间	用3~5个单元格写主要故事				看似自在存在欲望要实现了，但那只是错觉! 危机和挫折到来
主要情节 主人公（内在）情感	好吧，我再试一试吧！还有什么是我做不了的呢？	虽然看似是以平静的观点和态度去追求和实现外在目标（欲望的对象），但出现了曾令人恐惧和担心的状况，又陷入挫折和危机中				
次要情节 B故事（浪漫/次要情节）		与B故事人物的关系开始（开始不愉快的同居）			B故事人物对主人公的感情变为好感	
次要情节 C故事（助推人物情节）			考验官（考验事件）	C故事的配角开始合流		导师退场（死亡/离别）
时长进度(±5%)	25%	25%~50%				

续表

4幕结构定义	转折	<第三幕>追求自为存在欲望				
	(13)	(14)	(15)	(16)	(17)	(18)
主要情节 单元格定义	关键行动的转变（下决心）	恶魔全面登场，反派露出本性	B故事快速发展	第一次与恶魔进行全力斗争：志同道合，期待胜利，进行准备	第二次与恶魔进行全力斗争：但是能力不足（预感败北/受挫）	陷入更大的危机和挫折中
故事（外在）事件	发现真相、改变命运	用1~2个单元格写主要故事				主人公失去最珍视的人或物，不可以退缩! 将恶魔的残酷无情发挥到极致，主人公的愤怒和危机感达到极致
主人公（内在）情感	解决内部矛盾的首要重点	虽然认识到欲望的本质或事件的真相，并与之前的观点和态度（第二幕）发生了180°转变（转折），也进行了彻底的斗争，但由于尚不成熟且未经训练，招致更大的挫折和危机				
次要情节 B故事（浪漫/次要情节）	B故事人物确定了对主人公的爱		主人公与B故事人物的关系快速发展	B故事人物与主人公一起	B故事人物与主人公一起	
C故事（助推人物情节）				C故事人物与主人公一起	C故事人物与主人公一起	
时长进度（±5%）	50%	50%~75%				

续表

4 幕结构定义	高峰	<第四幕>最终决战				
	(19)	(20)	(21)	(22)	(23)	(24)
单元格定义	关键行动的升级（决断）	与恶魔最终的决战	却陷入最大的危机与挫折中	高潮	（圆满的）结局	尾声
主要情节 故事（外在）事件	最终决断——必须要消灭掉反派	困难地决出胜负	遭遇堪称死亡危机的最大的危机和挫折，虽然有遗憾，但绝不后悔！	得到意想不到的奖赏与祝福	大团圆	结尾或暗示续集
主人公（内在）情感	做好了死亡的思想准备	心无旁骛，全力以赴		天助自助者！	实现自为存在欲望＋自在存在欲望	
次要情节 B 故事（浪漫/次要情节）	（主人公要自己站出来）			得到 B 故事人物的最后协助（转达上天的意思）		
C 故事（助推人物情节）	（主人公要自己站出来）					
时长进度（±5%）	75%	75%~93%		93%~100%	100%	

成为"情节魔术师"的指导准则

前面展示了"欲望的配方"定义的情节结构,我定义的结构是4幕结构,每一幕都拆分为6个单元格,整个结构共由24个单元格组成。以5个情节要点为基准,分别是导入事件、开端、转折、高峰和高潮。得出的结论很简单,那就是根据这些情节结构进行创作即可!

以4幕—24个单元格情节结构为基础进行故事创作,需要注意3点,其中最重要的是第一点,即简明扼要地定义5个情节要点。情节要点是打造主人公的情感波动的重要转折。从一个情节要点到下一个情节要点的过程和路线(速度)虽然可以改变,但情节要点本身不可改变。更改情节要点就是更改故事的主题和主人公的核心行动(目标),结果故事就会变成一个新故事。5个情节要点中,最为重要的是导入事件、开端、转折,必须要记住这是最重要的点。

第二点,将4幕—24个单元格情节结构视作可以填充的拼图。如果先将脑海里浮现的想法填入相应的区域，并将其延伸到与该区域相连的其他区域，就可以完成整个故事线。例如，B故事中的人物正式出现在（8）中，在（15）中参与为主人公战斗的行动中，在（22）中，与主人公一起取得胜利（成就）。如果在某一单元格中有关于B故事中的人物的想法，那么想象并填充与此相关的其他单元格就不是那么难。

第三点，要用逻辑来支撑故事，但也要有超越逻辑的情感流动，即打造主人公的情感波动。

要表现4幕—24个单元格情节结构的情感波动，应该将注意力放在安排第一个危机（12）和第二个更大的危机（18）以及第三个最大的危机（21）的位置上。危机是出现新行动的契机，人们从哪一幕感受到精神陶冶呢？答案是故事的危机和高潮部分。阶段性危机和新的行动的累加，人们就可以通过痛快的感觉、紧张感的缓解，感受到精神陶冶。

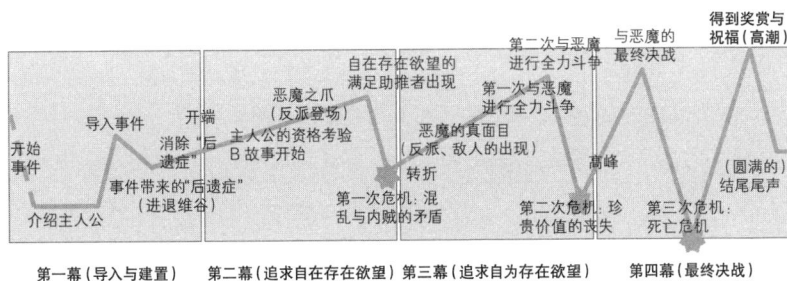

第一幕（导入与建置）　第二幕（追求自在存在欲望）第三幕（追求自为存在欲望）　第四幕（最终决战）

第五章

一个故事

需要几个角色？

在危险状况下，人物做出选择的时刻
是展现人物真正的价值观和品格的瞬间。

角色的原型

在某些特定情况下，当某人出现预料之外的反应、展现出与平时不一样的样子时，我们经常会说"有性格""有个性"。当我们发现平时认识的人展现出不同以往的一面时，我们会惊讶地觉得自己好像看到了他隐藏的本性。

人生就是选择，在生与死的分界线上，我们在死亡的恐惧（缺失）与想要生存下去的欲望之间做出选择。美国电视连续剧《24小时》完美展现了角色的真实面貌。反派想要暗杀总统候选人，主人公试图阻止这场暗杀，反派便绑架了主人公的家人并对其进行威胁。拯救家人和阻止总统候选人被暗杀这两件事情都十分急迫。此时，主人公将做何选择？主人公每集都会陷入是拯救家人还是阻止暗杀的两难选择。他最终能够完成这两个任务吗？《24小时》共有24集，每集都会让主人公做出选择，让收看电视剧的观众感受到主人公的紧张。这部电视剧也获得了高收视率。《24小时》的主人公杰克·鲍尔是一个很有能力的反恐小组组长，但他的角色设定就像邻家大叔一样平凡。因为这种电视剧的特点是重视主人公与观众之间的情感沟通和共鸣，所以如果主人公既有能力又非常特别，反而显得格格不入。这部剧凸显了创作者对主人公角色的战略性选择。

故事浓缩了漫长的人生，没有一个故事人物是被置于平静的生活中。故事经常把人物卷入极端情况，展现他的想法、态度以及将要采取的行动。特别是在面临考验与危机时，人物会选择怎样的价值观和行动才能体现人物特点。创作者对自己创造的角色做的最重要的事就是制造极端的选择瞬间。电影《蝙蝠侠：黑暗骑士》中，蝙蝠侠作为正义的守护者出场，他在哈维·丹特检察官和心爱的恋人瑞秋之间究竟会选择谁，观众们高度关注。《釜山行》的主人公石宇在马上要变成丧尸之时，在危机的瞬间到底会做何选择，故事会让他自己去证明。

故事应该让观众感到真实有趣。为此，首先要选择能反映我们的生活的人物，所以必然要基于原型（Archetype）来设定角色，原型人物并不一定是现实中存在的人物，而是一个普遍的、共性的概念。因此，原型所具有的优点是简单明了。创作者有必要以实际生活中人物的原型特征为基础来创作故事。

"原型"这一词来源于心理学家卡尔·荣格提出的概念原始意象（集体无意识中的一种普遍的概念、形象或模式）。例如，当我们说某人长得"像《三国演义》中的刘备"时，即使不再进行补充说明，别人也可从中推测出人物的样貌。这时，"刘备"就是原型。另外，"没有原则的人""像混蛋一样""疯子""撒谎精"等也属于原型。这就是角色的特征。

　　有关主要角色的传统典型是主角和反派。一般而言，反派指的是"反对者""竞争者""对手"，现在一般将其理解为"敌对者""恶棍"。事实上，准确的说法应该是坏且毒辣的反派。反派比主角更加复杂、更具有多重性格。设定反派的重要性丝毫不亚于主角，有时甚至会影响故事的完成度和魅力。

高票房韩国电影的主人公共同点

　　人们看小说、话剧、演唱会、电影、电视剧时，虽然对作为整个故事出发点的素材或贯穿整个故事的事件感兴趣，但让人们产生情感交流和共鸣的却是主人公。若去掉这些要素，那就和看纪录片或阅读有深度的新闻报道没什么区别。所有故事的开始都是介绍主人公，因为主人公是最能引领故事发展的人物，也是我们最先代入情感并产生共鸣的人。

　　高票房韩国电影的主人公都是什么样的呢？据统计，截至2019年3月，共有18部韩国电影的观影人次超过千万。其中，《太极旗飘扬》（2004）和《实尾岛》（2003）上映于韩国电影振兴委员会建立票房信息管理系统之前，所以没有被统计到官方数据中。但据了解，这两部电影的观影人次分别为1 200万和1 100万。

　　有趣的是，韩国人喜欢的电影的主人公都有明显的共同点。

①单纯、道德高尚。

②因精神或社会因素被孤立或落后于时代，或被权力威胁。

③卷入生死攸关的极端两难境地。

④为家庭、同事、百姓和国家的幸福受苦受难。

　　吸引了上千万名观众的电影的主人公都是舍生取义的英雄。但在现实中，很多人并不愿意成为那样的人。并且具有讽刺意味的是，在正义和道德观念方面，韩国人的道德尺度比任何国家的人都更高大、深刻。我认为，比起成为舍生取义的伟人，韩国人更渴望自己成为能改变社会的孤胆英雄。这也许是扭曲的韩国现代史中极端被害意识（以受害者自居）造成的结果，也是在未能消除这种极端被害意识的情况下，反复出现的政治背叛引发的挫折"后遗症"。即使韩国电影的故事很特别，此种想改变社会类型主人公的角色也一再成功，但主人公角色千篇一律，这对韩国电影发展来说，也绝不是什么令人高兴的事情。下面是整理的观影超过千万人次的韩国电影。

	电影		主人公	角色设定及其特征
1	鸣梁海战	2014	李舜臣 (崔岷植 饰)	被孤立(社会因素／被同情),憨厚、正直、鲁莽,一心只为百姓和国家(牺牲自我的保护者)
2	极限职业	2019	高班长 (柳承龙 饰)	被驱逐的危机(社会因素／被同情),憨厚、正直、鲁莽,比起自己的安危,更关心工作和下属(牺牲自我的保护者)
3	与神同行: 罪与罚	2017	金子洪 (车太贤 饰)	死于火灾的消防员(被同情),善良、正直,非常爱妈妈和弟弟(通过牺牲自我来忏悔)
4	国际市场	2014	德秀 (黄政民 饰)	孤身一人(被同情),单纯、鲁莽(单纯),父亲(牺牲自我的保护者)
5	老手	2015	徐道哲 (黄政民 饰)	憨厚、正直、鲁莽(单纯),重视正义,富有人情味(保护者)
6	小偷	2012	多人	没有特定的主人公,但这些人物存在共同点:罪犯(被社会孤立)、策划者、利己主义者
7	汉江怪物	2006	康斗 (宋康昊 饰)	智力障碍(被同情),单纯、鲁莽,女儿奴(牺牲自我的保护者)
8	7号房的礼物	2013	李龙久 (柳承龙 饰)	智力障碍(被同情),单纯、鲁莽,女儿奴(牺牲自我的保护者)
9	暗杀	2015	安沃允 (全智贤 饰)	殖民地人民(社会因素／被同情),出身的秘密(被同情),致力独立斗争(自我牺牲)
10	光海,成为王的男人	2012	河善 (李秉宪 饰)	平民,被权力控制(社会因素／被同情),单纯,站在百姓一边(牺牲自我的保护者)
11	与神同行2: 因与缘	2018	江林 (河正宇 饰)	阴间使者(死后流浪的人／被同情),将军,嫉妒、多疑(被同情),忏悔的告白(良心)
12	出租车司机	2017	金满燮 (宋康昊 饰)	贫穷的出租车司机(被同情),单纯,苦恼但是最终遵循良心(良心／自我牺牲)
13	釜山行	2016	石宇 (孔刘 饰)	只认钱的物质主义者(憎恶),忽视家人(被同情),领悟到错误,牺牲(牺牲自我的保护者)
14	辩护人	2013	宋佑硕 (宋康昊 饰)	被孤立(社会因素／被同情),憨厚、正直、鲁莽,有道德(牺牲自我的保护者)
15	海云台	2009	崔万植 (薛景求 饰)	傻瓜,有痛苦(被同情),一心想着心爱的女人(牺牲自我的保护者)
16	王的男人	2005	长生(甘宇成饰)、孔吉 (李准基 饰)	主人公长生受到轻视(身份障碍),选择离开、被利用(被同情)
17	太极旗飘扬	2004	李镇泰 (张东健 饰)	平民,卷入战争的极端情况中(被同情),一心想着弟弟(牺牲自我的保护者)
18	实尾岛	2003	康仁灿 (薛景求 饰)	作为军人卷入权力之争(被同情),心系下属安危(牺牲自我的保护者)

一个故事到底要出现几个角色？

制作电视剧或电影时，首先要考虑的就是预算。从制片人提交的预算表中可以发现，无论作品大小，预算表中所有项目的明细都差不多。这些项目明细包括演员的选拔（主演、配角、友情出演）、人数和片酬等都相差无几。从这一点来看，我认为所有故事中的出场人物及作用都有共通之处。从本质意义上来说，所有故事都设置了相同的角色。

如果说美国神话研究的代表人物是约瑟夫·坎贝尔，那么弗拉基米尔·普洛普就是俄罗斯神话和民间故事研究的代表人物。他研究的是俄罗斯历史上流传下来的100余篇民间故事，一方面，他归纳出民间故事的31种叙事功能；另一方面，他还进一步整理了民间故事中出现的7种角色原型。这7种角色原型如下表。

恶棍	与英雄斗争的角色
信使	让英雄领悟到自己的缺失并去往新世界的角色
施展魔法的助力者	既是英雄的导师,又是帮助英雄的角色
公主	英雄在旅程最后击败恶棍,与公主结婚,并获得公主父亲的赏赐
捐助者	培养英雄的能力,或给予英雄魔法道具
英雄	与公主结婚
假英雄	费尽心思模仿英雄的行动或抢夺英雄地位

弗拉基米尔·普洛普是研究神话和民间故事角色设定的鼻祖。他的角色原型理论至今仍适用于所有故事。此后,好莱坞也开始出现了如下所述的各种角色设定理论。

⬤ 克里斯托弗·沃格勒的"英雄之旅"

克里斯托弗·沃格勒发扬光大了约瑟夫·坎贝尔的"英雄之旅"理论。他定义了故事发展过程中出现的8种角色原型。出乎意料的是,很多人了解"英雄之旅",但并不一定了解角色原型的设定。我们先来了解一下能激发创作者灵感的克里斯托弗·沃格勒对8种角色原型的定义。

	英雄之旅	定义
1	英雄	英雄、主人公、主角
2	信使	告知英雄出发的角色，信使可能被暗示性的事件代替
3	导师	鼓励、帮助英雄出发的老师，反映英雄自己想要遵守的精神价值观或道德原则
4	关卡守门人	考验英雄的资格和能力的角色，或折磨主人公，让主人公内心害怕。不一定是人物，也可以用事件代替
5	阴影/阴霾	与英雄对立的敌对势力（恶棍）或人物，也可能是无形的（社会、政治、道德）遏制
6	变化者	让人难以辨认是英雄还是恶棍的角色（有时作为同盟军出现，有时又成为背叛者）
7	同盟军	英雄的同盟军由忠诚的助手、真诚的帮手、爱人或好友等组成
8	小丑	一般属于英雄的同盟军的一员，负责幽默（搞笑）

下表整理了克里斯托弗·沃格勒创作或基于其故事理论创作的作品中的代表性角色。

	英雄	导师	阴影/阴霾	关卡守门人	变化者	小丑
狮子王	辛巴	木法沙、拉菲奇	刀疤	土狼	—	丁满和彭彭
黑客帝国	尼奥	墨菲斯	黑客帝国	史密斯	密码	—
海底总动员	马林	柯路西	多瑞	布鲁斯	吉哥	多莉
哈利·波特系列	哈利·波特	邓布利多	伏地魔	奇洛教授	斯内普	罗恩·韦斯莱

　　但克里斯托弗·沃格勒角色设定的概念也有模棱两可的地方，这是因为很难从本质上对原型本身进行精确定义。即便清晰定义了"信使""关卡守门人""小丑"等角色，但真正与主人公（英雄）构成最重要的对立关系的反派，却因"阴影/阴霾"之故而显得有些模糊不清。从将克里斯托弗·沃格勒角色设定理论应用到实际作品中的情况来看，比如将《黑客帝国》中的"史密斯"定义为"关卡守门人"，将"密码"定义为"变化者"，也确实存在模糊之处。

◉ 剧本创作软件DramaticaPro的故事理论

　　在剧本创作软件DramaticaPro的故事理论中，角色可以分为主要角色——"司机"和次要角色——主角的帮手"乘客"。"司机"角色是主动性角色，引导故事发展，"乘客"角色是丰富多彩的调味品角色，为故事制造紧张或松弛的气氛，将故事效果发挥到极致。这样的角色设定具有非常重要的意义，带给人们很多思考空间。

　　特别是"司机"角色中的"同谋"角色带给人们很多启示。"同谋"角色是剧本创作软件DramaticaPro理论中最先被定义的角色，最能代表这个角色的人物就是《哈利·波特》系列的斯内普教授和《蝙蝠侠：黑暗骑士》里的哈维·丹特检察官。斯内普教授是研究毒药的教授，游走于哈利·波特和伏地魔之间，增添了故事的紧张感，表现出作为"同谋"的魅力。"同谋"一般被刻画成"反派的代理人"，是一个冲在前面发挥恶棍作用的人物，但本质上是他引起的诱惑和矛盾，让主人公感到苦恼。现实中的所有人都是一个矛盾体，都在善与恶、正义与邪恶、原则与诱惑之间苦恼。但在由想象和虚构构成的故事中，要尽可能简单明了地表现出场人物。如果故事如实反映现实生活中人的复杂性，人们必定会觉得角色难以理解，还会因为感到伤脑筋而忽略故事。因此，应该尽可能将角色设定得简单明了，但"同谋"是唯一应该如实表现现实生活中的人的角色。

	剧本创作软件 DramaticaPro 的故事理论		定义（以《星球大战 4：新希望》为例）
司机	1	主角	主人公（卢克）
	2	反派	对立者（威尔霍夫·塔金的军队）
	3	导师	帮助英雄出发的老师或精神价值观或道德原则（欧比旺·克诺比）
	4	同谋	电视剧的独创性角色，诱惑和阻碍主角，全面出击的反派（达斯·维德）
乘客	5	理智	刺激（触发）主角或观众的理智的角色（莱娅·奥加纳公主）
	6	情绪	刺激（触发）主角或观众的情绪的角色（楚巴卡）
	7	忠诚的助手	总是追随主角的忠诚的助手角色（R2D2 和 C-3PO）
	8	怀疑论者	对主角的追求提出质疑的角色，有时也会成为背叛者（汉·索洛）

● **"欲望的配方"定义的角色**

我认为与其定义角色原型的新概念，不如使用现有的普遍使用的角色原型概念，这样也可以避免混淆。不过，在将现有的角色概念分析应用到大部分电影和电视剧时，需要做一些重新解释。我据此归纳出以下10个角色原型。

"欲望的配方"		定义
主要角色		
1	主角	观众（读者／电视观众）对主导故事进程的主人公产生共鸣，支持他。主人公反映了时代的缺失，并追求欲望。消解内部矛盾，解决外部矛盾
2	反派	造成主人公的缺失或刺激（助长）缺失，阻碍主角追求欲望。一般而言相当于"敌对者""恶棍"的作用，本来是"对立者""对手"之意
3	导师	一般而言是导师，也可理解为敦促、劝诫主人公行动的精神原则。角色是导师时，只起到导师的作用，其他角色也可被附加导师的作用
4	同谋	给主人公追求欲望时制造障碍、诱惑、考验和挫折。也可以理解为前面（故事第二幕）出现的"反派"或"魔爪"
中间角色：中间角色的作用可以用暗示事件代替		
5	信使（邮递员）	告知主人公即将展开的故事之旅、任务及目标的角色或事件
6	考验官（关卡守门人）	主人公开始故事之旅时，代替观众（读者／电视观众）考验主人公资格的角色或事件
次要角色或主角的助手		
7	忠诚的助手	始终对主角忠诚，并奉献生命。一般在开端之后出现，即在第二幕开始时出现
8	浪漫的恋人或密友	与主角在一起的浪漫恋人或亲密伙伴。与主人公的第一次见面通常不愉快
9	小丑／幽默的人	为故事提供幽默氛围的角色。很多情况下通过极端的变化和自我牺牲，带给人们笑声和感动
10	怀疑论者／背叛者	反映观众（读者／电视观众）疑问的角色，因此有时也会背叛主角

第160页表格中的角色设定可以概括如下。

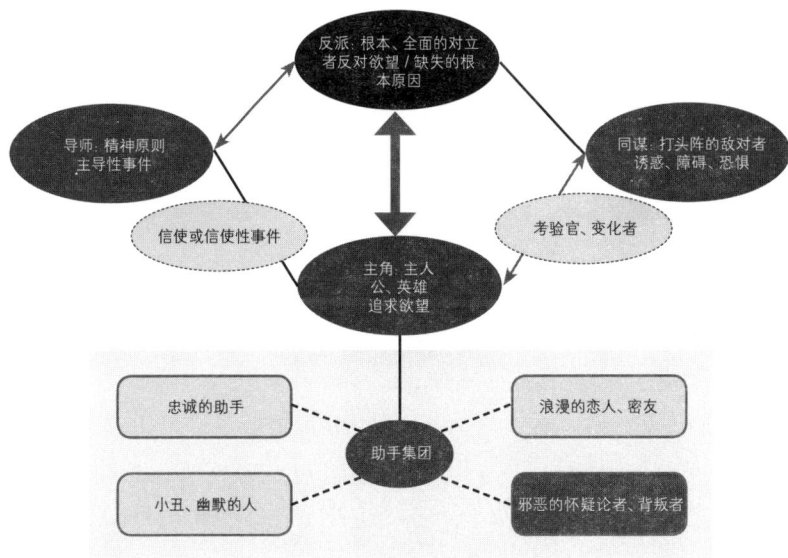

从原则上来讲，角色原型的设定最好一个角色由一个出场人物来表现，但有时一个角色也可由两个出场人物来代表，一个出场人物也可表现为多个角色。电影《光海，成为王的男人》中，诗月和赵内官扮演的虽是忠诚助手的角色，但也代表了导师的角色。另外，道部长同时扮演了亲密伙伴和小丑的角色。

像电影、戏剧、音乐剧、小说等以主人公为引导、主要情节为中心构成的故事，可以直接使用前面的角色设定。但电视剧呢？在平均20集的迷你系列剧或50多集的长篇连续剧中，同样的角色设定是否也适用呢？答案是肯定的。从50多集的电视连续剧中单独拿出一个片段，可以发现其角色设定也是一样的。

需要补充的是，要灵活运用角色设定。在一开始进行故事创作时，往往无法进行完美的角色设定。准确地说，在故事的完成阶段才能完成角色设定，即角色设定需要打磨。根据经验，最好在完成大约5页A4纸的故事梗概后再检查和完善角色设定。借助以主要角色为中心制作的故事梗概，进一步思考需要补充的角色，并填充故事细节，才能进行理想的创作。如果在此之前设定角色，不仅为时过早，而且很难准确设定角色；但如果进入由多种情节构成的具体故事创作之后再设定角色，则为时已晚。

如何设定主人公（主角）这一特殊角色？

　　所有的故事都是从介绍主人公开始的。就像我们受邀去旅行一样，除了感受旅行的魅力与乐趣之外，我们当然也很想知道一起旅行的导游和同伴是谁。无论题材、事件、情节多么有魅力，观众最关注的还是引导故事发展的主人公，因为主人公就是在故事中代替我们自己的人。我们来分析一下黑夜中守护城市的身穿黑衣服的骑士蝙蝠侠，无须解释他是多么特别的有钱人。但让他闪耀的究竟是不是他的财产呢？不是！他闪耀的并不是因为他的地位、身份、职业和背景，而是因为他的角色特别。如果他不是在善恶之间、个人爱情与社会正义之间苦恼，如果他不是在令人羡慕的富人与伤痕累累的英雄之间纠结，那蝙蝠侠不可能作为黑暗骑士复活。

　　《谍影重重》（2002）中的杰森·伯恩长相帅气，擅长格斗，既有才华，又富有责任感，是一个非常有魅力的特工。但是，是因为伯恩这样的魅力才让我们喜欢《谍影重重》系列吗？

意大利渔民在地中海海域救起了一名背部中了两枪、漂浮在海面的男子——杰森·伯恩。该男子得了遗忘症，不知道自己是谁。能够获知他身份的线索只有他作为战士的本能、背上的枪伤以及身上刻着的瑞士银行账号。

让杰森·伯恩充满魅力的是他丧失记忆后在不知道自己是好人还是坏人的情况下，与想要杀死自己的身份不明的敌人斗争，并试图找回自己的记忆。观众因为怜悯杰森·伯恩的处境，才积极支持他。如此看来，重要的是让看故事的人对初次相见的主人公产生怜悯，但人们很难与非常完美的主人公共情。所以，即使是在最近好莱坞的英雄故事中，主要描述的就是主人公的缺失，着重激发人们的怜悯之情。此外，主人公一定要与众不同。他的特别之处是在平凡的生活中也能发光。究竟是什么让主人公变得特别呢？

第一，最重要的也是不断强调的一点，就是引发怜悯的缺失，以及克服缺失去追求的欲望。

第二是价值观。最重要的是主人公必须善良、追求正义。即便主人公是黑道人物，他邪恶、卑劣的行为背后，也一定有苦衷，使他不得不从事该工作或做出该行为。从本质上来看，他依然拥有善良、追求正义的价值观。

第三是变化、成长和伟大的选择。主人公反对并挑战时代强加给他的道德观，并在此过程中获得成长、进化。情节要点成为转折点，使故事得以前进并实现上升式发展，主人公伟大的选择和决定是这一转折点的核心。选择之所以伟大是因为主人公的价值观和性格（角色特征）

得以展现，成为成长和进化的关键。

第四是特殊能力。在特别事件或进退两难的困境中，主人公应具备解决问题的能力。不过，没有必要在一开始就展现主人公的特殊能力。该能力在开始虽有些微不足道，但在故事发展的过程中，尤其是在主人公追求欲望的情节要点的高潮部分，他的特殊能力将成为制胜武器。

自信的创作者会说"我有一个精彩的故事"，我们可以问他："你的故事中的主人公是否符合上述4个要点？"至此，并不代表创作就结束了，还需要反复对创作过程质疑、推敲和整理。故事不需要华丽的修辞，即便辞藻生硬，只要主人公设定简单明了，且符合上述4个要点，故事就已经站上了成功的跑道。

如何才能展现主人公的特征呢？人物形象只能用行为来表现，这是有关"他的价值观是什么样？"的问题。《汉江怪物》中的主人公康斗一心一意想救女儿，他虽有点儿傻气，但内心充满善良和正义。《鸣梁海战》中的李舜臣的价值观是为拯救国家和人民，必须赢得战争胜利。《老手》的主人公徐道哲也做出了同样的选择。好莱坞的英雄们也都选择了善良和正义。

对始终如一的主人公，人们很难产生特别的好奇或期待，但仅靠给主人公设定无谓的选择困境，也同样难以引起观众的兴趣，因而必须设定一个强大的反派。要把反派设置成无论主人公拥有多么特殊的能力，都不能轻易战胜的人，他可以给主人公制造无法战胜的困难和挫折。如果反派能力强大，那也可以将主人公设定为始终如一的人物。但《辩护人》中的律师佑硕和《釜山行》中的基金经理石宇都属于成长、进步型的人物。石宇嚷嚷着自己要活下去，但最终还是选择了舍生取义的价值观，并亲手结束了自己的生命。设定什么样的角色的问题，不仅与故事的主人公与谁（反派）斗争有关，也与创作者是将人物设定为始终如一的人物还是成长和进步型的人物有关。

某制片人将观众对角色的喜好划分为"发达国家型"和"发展中国家型"。一方面，在很难提高身份与阶层稳定的发达国家里，人们更喜欢始终如一的人物；另一方面，在身份和阶层存在上升可能性的发展中国家，人们更容易与不断成长和进步的人物产生共鸣。虽然我认为这个比喻很恰当，但其实很多情况下，好莱坞的影片会将"发展中国家型"的人物设定为主人公。我认为如何判断并选择适合表现主题的人物是创作者自己的事，最重要的课题是设定主人公的缺失和极端情况，即设定什么样的任务和困境。

大家可以尝试像我前面整理的几部作品一样，用自己的方式整理几部作品，研究其中主人公的角色设定。好的开始是成功的一半，如何设定主人公的缺失和他要克服的极端情况，对成功创作具有重要的决定作用。

通过设定主人公自卑、经受创伤、有身体缺陷等内在缺失，以及障碍、疾病、社会制约等外部阻碍，可以使读者对主人公产生怜悯，进而将主人公需要克服的缺失与想要实现的欲望之间的过程设定得非常艰难并难以预测。主人公即将经历的变化和成长就会像坐过山车一样不断起伏。

在故事开头所设定的主人公的缺点和缺陷，就是故事展开过程中主人公将要面临的外部情况和困难。例如，陷入道德冲突或站在选择的十字路口时，主人公将面临选择困境、悖论、讽刺或不可思议的情况等。观众的情绪会跟着起伏，他们会在情感上与主人公产生共鸣。

利用九型人格构建角色

　　角色设定有四个原则。第一，主人公应该善良。第二，角色要有合理性。第三，角色应该在现实中实际存在。第四，角色性格要有一贯性。即便在描绘未能保持性格一贯性的角色时，也要一贯地表现他一贯性的缺失。

　　与情节结构一样，在描写人物时，创作者都要追求可能性和必然性。因此，特定角色应根据可能性和必然性原则，说出固有的话语并做出固有的行为。

　　在故事创作中，与角色的新颖性和特殊性同样重要的就是角色性格一贯性。很多作家把日常生活中遇到的各种人的性格和特点，赋予了自己故事中的人物，将自己的愿望寄托在这样被创造出来的人物身上。创作者这样做，虽然赋予了角色新颖性和特殊性，但很多情况下却无法使角色性格保持一贯性。那么，如何防范这种风险呢？

已经有很多性格分析理论按照血型、生肖、星座对人的性格进行分析，想必大家也都曾尝试过。人们也知道MBTI人格和九型人格等专门的、科学的性格分析理论，其中九型人格理论主要着眼于人的缺失和欲望，对故事创作大有裨益。九型人格体现了人类追求绝对人格、绝对幸福、绝对善良的本性。每个人都有欲望，但越是这样就越容易陷入欲望的陷阱。

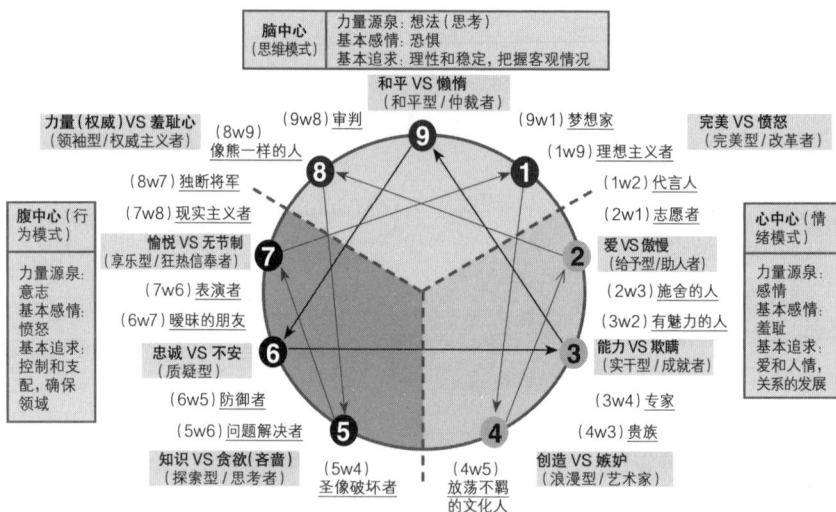

九型人格中所说的三个元组、九种基本类型、积极方向(黑色箭头)、消极方向(灰色箭头)、十八个侧翼性格(下划线)。

各种性格类型的定义与角色原型类似。定义角色原型是为了设定角色的地位和作用，但九型人格等性格分析理论中的性格定义并不涉及各种性格类型人物的地位和作用。你通过上面的基本概念可能也已经感觉到，成为主角或反派人物的性格类型在九型人格类型（全部27种类型）中所占的比例并不高。

　　九型人格的核心是每种性格类型的人对什么样的缺失感到害怕，他们的追求和欲望是什么，当欲望受挫或欲望过多时，会产生什么副作用（堕落/犯罪方向）。进一步说，不同性格类型的人会产生积极或消极的行为等，这给角色设定和故事展开带来了非常有益的启示和指导。

　　九型人格多用于打造角色，也广泛应用于好莱坞的选角工作。例如，如果主角需要以思考为力量源泉，选拔的演员却是以意志为力量源泉，那么我们几乎可以判定该演员不可能有出色的表现。因为主角与演员的行为模式不同，所以他无法充分理解并表现角色。因此，好莱坞在选角和实际故事创作中，会使用类似九型人格性格分析理论，在动漫作品中则更是如此。实际上，如果对迪士尼/皮克斯或梦工厂等公司制作的动漫作品进行分析的话，就可以发现其中的角色类型与九型人格性格类型完美契合。这也说明以九型人格理论为基础的角色创作工具得到了灵活利用。

　　没有必要从一开始就完全掌握在故事创作中使用九型人格，只要掌握以下两点即可。第一，要记住人具有行为、情绪、思维这三种力量中心。第二，理解从这三种力量中心出发所创造出来的九种性格类型。关于性格类型不同的人的缺失、欲望及行为模式，很多资料都给出了具体说明。只要阅读这些材料，就能在构建角色性格的一贯性方面得到帮助，还可以在角色创造阶段培养想象力。

　　仅靠作家的想象力构建角色的一贯性当然也存在局限性，因为作家不是神。即使不使用九型人格理论，也有必要使用各种各样的性格分析理论。无论使用什么样的工具，这些理论不仅对保持角色性格的一贯性大有帮助，找到创作者真正想要的角色，还有助于在此过程中创造出崭新的、独特的角色。

力量中心	类型	基本定义	恐惧	欲望	侧翼	
腹中心行为	⑧	领袖型（权威主义者）	被别人控制	保护别人	7号侧翼	独断将军
					9号侧翼	像熊一样的人
	⑨	和平型（仲裁者）	丧失、分离	内在的稳定，内心的平和	8号侧翼	审判
					1号侧翼	梦想家
	①	完美型（改革者）	堕落、缺陷	好人，平衡感	9号侧翼	理想主义者
					2号侧翼	代言人
心中心情绪	②	给予型（助人者）	被他人孤立，无法得到爱	得到别人的爱	1号侧翼	志愿者
					3号侧翼	施舍的人
	③	实干型（成就者）	被评价为无用，或感觉无用	被评价为有价值，或感觉有价值	2号侧翼	有魅力的人
					4号侧翼	专家
	④	浪漫型（艺术家）	丧失自我或个人价值	寻找自我价值和自己的重要性	3号侧翼	贵族
					5号侧翼	放荡不羁的文化人
脑中心思维	⑤	探索型（思考者）	成为无用之人或感到无奈	有能力、充满自信的样子	4号侧翼	圣像破坏者
					6号侧翼	问题解决者
	⑥	质疑型	无法得到他人的支援/助力	稳定，得到支持	5号侧翼	防御者
					7号侧翼	暧昧的朋友
	⑦	享乐型（狂热信奉者）	在痛苦中感受到缺失	欲望的满足	6号侧翼	表演者
					8号侧翼	现实主义者

第六章

故事是

勾人的魔法

人们想通过故事创作者
看到新颖又富有挑战的故事。

情节是装着趣味的器皿

　　前面我们分别介绍了价值性趣味与功能性趣味，尤其是有关价值性趣味的分析报告，能够带给我们很多启示。2016年初，韩国文化广播公司电视台（KBS）以史上观影人次前100名的韩国电影为对象进行了调查分析，并制作了《电影数据分析》报告，该报告指出韩国人最喜欢的故事类型是剧情类题材，前100名中有65部是剧情类题材。排在第二位的是动作片（41部），排在第三位的是喜剧片（25部），排在第四位的是历史片（15部）。

　　到底什么是剧情类题材呢？剧情类题材的故事与真实世界共有的价值，是作为社会性存在对历史的、时代生活及人类本性的一种反思。因此，剧情类题材的故事必须具有的最重要的原则就是现实主义。剧情类题材中必须出现实际上存在或者可能在哪里存在的人物和事件。是好似存在于我们身边的人物和事件，要体现当下生活的困境。进一步而言，也就是要阐明人类所追求的幸福生活是什么。创作以可能存在的事件和人物为基础的故事比如实描写现实状况更难，故事通常非常真挚、严肃。为了减弱真挚、严肃的氛围，就需要嫁接喜剧或动作等或轻松或动感的元素作为情节。因而，韩国的故事总是真挚、严肃，同时又充满幽默感与喜剧感。无论是多么富有魅力的想法，一旦故事设计得不够精巧，就避免不了不够精彩的命运。有趣的是，我认为反思或价值性趣味是韩国人特别的爱好，是今天韩国文化产业发展的动力，还是史无前例的"韩流"风潮的竞争力所在。

情节是盛着价值性趣味与功能性趣味的器皿，是标记出旅行路线的旅行地图。实际上，在故事创作过程中，情节可以说是重中之重，它既是故事创作的开始，也是故事创作的结束。因而我才主张"情节就是魔法"。无论事件或素材多么与众不同，无论启用多么著名的演员或导演，无论运用多少动作特效或电脑特技，这些能保证票房大卖的可能性也不过10%，剩余90%的可能性取决于情节。

但情节不能是空空如也的器皿，不能是没有任何路线的地图。我们创作的不是肉眼看不见的透明故事，情节必须可见，并能让观众跟着主人公一起旅行，产生共鸣。我之所以一再强调情节的重要性，是因为只有情节才能让创作者的"钩子"变成有魅力的美食，变成有趣的旅行。总结起来就是：出发点是"钩子"，情节是地图，要以此为基础完成故事。

● 关于故事梗概

大家听说过"电梯游说"吗？这是好莱坞谈论故事梗概的重要性时

经常使用的名言。

在韩国，要想制作一部电影，需要通过电影公司所在的区政府向韩国文化体育观光部申请电影业申报证。目前，韩国足有2 000多家电影制作公司申请了电影业申报证。这是什么意思呢？假设一个公司最少制作1部电影，那么现在韩国至少正在制作2 000部以上的电影。

有一位作者拿着自己创作的故事，来到经纪人工作室，想见一下好不容易才认识的制片人。制片人虽然没有什么决定权，却是可以帮助作者的人。来到工作室楼下，作者平复了一下自己激动的心情进入电梯，天哪！工作室的老板竟然也在电梯里！作者向老板深深地鞠上一躬，而老板还不知道跟自己打招呼的是自己公司的员工，还是来访的客人。不过既然有人打招呼，他也只好回礼说："您好！"打完招呼，就这么干站着也很尴尬，于是老板就问："您是……？""我，我是编剧。""啊，是作家！最近您在创作什么故事呢？"还有比这更好的机会吗？这时，没有时间一一介绍自己故事的背景、人物、整体的故事线了，因为老板马上就要下电梯了，他很可能都不记得自己在电梯里见过谁。这时需要用一句简单明了却又有力量的话语对自己的剧本进行说明。这一句话就是故事梗概。原则上来说，故事梗概指的是4幕结构的四句话梗概，但很多情况下需要简单明了地将故事介绍出来，因而只能采用一句话梗概的形式。注意，一句话梗概不要变成营销性质的华丽辞藻。

我经常听创作者说起各种故事文案。这时，我就会问他们："是什么样的故事呢？"当我对他的故事感兴趣时，我就会要求对方"发给我一页左右的故事介绍"。1页？不是30页，不是10页，只发1页？就凭这1页，就能对故事做出评价？有人可能觉得我在摆架子或傲慢不逊。所以，我在这里进行一些附加说明。这绝不是因为我看不起或无视对方，而只是基于自己的理念要求对方发给我一个充分整理好的成熟的故事，请对方不要无谓地浪费时间或努力。同时，也是因为我相信世界上存在的任何一个故事最终都可以概括为四句话梗概或1页的简介，并且也应该这样。故事文案1页足够了。如果这页能成功引起我的兴趣，那么我就会倾听详细的故事梗概并对故事进行研究，开始着手真正的开发，并将其打造成有魅力的故事。

接下来我举几个韩国电影的例子，并整理其故事梗概（四句话梗概）。

《汉江怪物》

① 驻韩美军基地里，一位美军高层指示把研究用的超级有毒化学物质排入汉江，该行为导致了汉江物种的变异。

② 一位无业游民父亲，其智商只有两位数，但非常疼爱唯一的女儿。汉江中突然变异的怪物卷走了女儿。父亲以为女儿死了，给女儿举办了葬礼。政府想要掩盖事实真相，把父亲和家人们关在了医院里。这时，女儿的手机响了，父亲知道女儿还活着。

③ 父亲为了救出女儿，与家人们从医院成功逃脱，并一起寻找怪物的所在地。他们来到由军队把守着，禁止进出的汉江岸边附近，藏了起来。父亲和家人们最终与怪物遭遇，并爆发了激战，爷爷丢掉了性命，叔叔和姑姑也被迫分开，父亲被军人抓走，再一次被关进了医院里。

④ 政府想掩盖驻韩美军的犯罪行为，要给父亲做手术，以便消除他的记忆。父亲艰难地从手术台上逃脱，恰在这时，收到了叔叔的信息，确认了怪物的所在地。于是，父亲奔向汉江岸边。而这时女儿已经死了。受到军人攻击的怪物想逃进汉江而不断挣扎。

⑤ 父亲、叔叔和姑姑各自拥有不同的缺失与创伤，他们一起对杀死女儿和爷爷的怪物展开复仇。

《7号房的礼物》

① 一位贫穷并且有智力障碍的父亲，很爱自己的女儿。这位父亲被冤枉成杀害警察厅厅长女儿的罪犯，并被关到监狱里。

② 为了让他与唯一的女儿生活在一起，监狱里的狱友们帮助他把女儿也带进了教导所（7号房）。但事情马上败露，父女被迫再次分开。

③ 为了能与女儿一起生活，父亲必须得离开监狱。父亲得到了狱友们和教导官的帮助，拼命想洗脱罪名。但他无法战胜冤枉他的警察厅厅长，被宣告处以死刑。

④ 父亲最后一次想从监狱逃跑的计划也归于失败，周围人帮助父亲为女儿在监狱里度过了生日。也就是在这一天，女儿的生日变成了他的处刑之日。后来，女儿长大后，成为律师，为父亲洗脱了罪名。

《辩护人》

① 一位平庸的律师，为了挣钱什么都不顾。现在他的日子过得不错，于是他去看望在艰难的考试时期与自己关系不错的餐馆大婶。餐馆大婶与唯一的儿子生活在一起。大婶的儿子卷入政治事件中，受到军警各种严刑拷打，成了当时政治局势的牺牲品，律师震惊于大婶的儿子所受的严刑拷打，于是自告奋勇要为其辩护。

② 律师曾一度相信法律是正义的代言人，他拼命证明青年的无辜，揭露他被军警拷打的事实，但军事独裁政权凌驾于神圣的法律之上。律师去寻找拷打青年的现场，得知了青年被军警殴打的真相。

③ 在动荡的政局中，曾经并肩辩护的同伴们都选择了放弃，律师本人的生活也陷入了困顿，并受到了威胁。但只有他一个人选择了艰苦作战。

④ 在军医证人的良心宣言中，律师开始了最后的决战，但这不过只是"茶杯里的台风"，不足以撼动大局。不过，律师却因此得到了所有人的尊敬。

　　这就是故事梗概。很多创作者在讲述自己的故事时，总是感到不知道该从何说起。有些创作者为了吸引别人的注意力，通常会用一些华丽的话语来说明。从前面举的这几个例子，你可以发现故事梗概浓缩了故事的所有内容。也就是说，四句话梗概是对4幕剧内容的浓缩。

　　一部电影的大纲（创作剧本时，准备的30页的详细故事梗概），或一部20集的电视剧的每集摘要，一般需要30～50页。但50页、100页又有什么用呢？如果故事不能一开始就吸引别人的关注，一般人不会读5页以上。也就是说，第5页以后的其他内容都是多余的。至少我们在评价某个故事时，文章的篇幅或写这些内容付出的努力，都不是评价的标准。最终还是靠四句话梗概来说明故事并引起对方的注意。正因为如此，我才建议大家认真对待故事的四句话梗概。如果对方对故事梗概感兴趣，即便创作者的文字水平不够卓越，对方也会集中精力从头到尾阅读作品，创作者的作品就有可能得到被制作成电视剧或电影的机会。反之，假若四句话故事梗概不能"钩住"别人，那即便你的故事写得再长再多，也很难有被制作成影视作品的可能性。

　　很多创作者还没有形成整理四句话故事梗概的习惯，我经常听到有人抱怨如此简短的梗概怎么能够展现我的故事的独特魅力呢？造成这种情况的原因可能是创作者本身没有完全驾驭自己的故事，还有可能就是创作者没有接受过这方面的教育和训练。

写故事梗概的时候，最好的方法之一是从一个引人关注的问题入手。高丽王朝时期，君主的名字中带"忠"字。从第25代王忠烈王（1274～1308年在位）到第30代忠定王（1349～1351年在位），共有6位王的名字中带有"忠"字。到底是对谁忠诚呢？答案是对中国元朝皇帝的忠诚。这样的问题本身就暗含着主题，同时还能吸引人们关注该故事。

另外，从创作者个人经验开始也不失为一个好方法。实际存在的故事可以成为让人竖耳倾听故事的动力。你可以问："或许……你有没有过这样的经历？"也是让对方回想起自己经历的好方法。为了将故事的精华（核心概念）整理为简短的故事梗概，可以在观看完电影、电视剧、话剧、音乐剧、小说之后将其整理成四句话故事梗概，这样的训练非常有用。一旦养成了简短的写作、说话习惯，就可以展现出用四句话梗概说明自己的作品的魅力，就具备了竞争力。

钩子的英文单词为hook，本意是鱼钩，可能是因为这个词的问题，故事的"钩子"总让人感觉像是骗局或诱饵。其实就像我们与别人第一次见面的第一印象非常重要一样，故事"钩子"就是第一印象。不能正确理解"钩子"很重要的人，犯的最大错误就是认为有冲击性的、奇怪的，甚至是变态的、猎奇的故事或形象是决定故事成败的因素，从而使用非主流的素材或想法。这是关于"钩子"如何传递故事的第一印象的问题，毫无理由的冲击性内容或奇怪、刺激的内容与氛围，绝不是决定故事成败的关键。除了这种常见的误解和失误之外，还应该避免脱离了故事精髓、一味用营销性的华丽辞藻来写作的方式。因为这种写作等于用技术压倒了真实。无论是对阅读故事的人，还是对故事创作者本人来说，这种写作都不利于精神健康。故事最厉害的武器就是真实。要牢记只有真实才能行得通。

　　四句话故事梗概或一句话故事梗概，都一定要包含这三个方面。第一，主人公有什么样的缺失？第二，主人公追求的（自在存在、自为存在）欲望，即主人公的核心行为动机是什么？第三，这个故事想说的是什么，想让人们通过故事感受到怎样的感情？

故事让观众共情是"钩子"的高潮

亚里士多德认为有趣就是精神陶冶!

悲剧是对于一个严肃、完整、有一定长度的行动的模仿;它的媒介是言词,具有各种悦耳之音,分别在剧的各部分使用:模仿方式是借人物的动作来表达,而不是采用叙述法;借引起怜悯与恐惧来使这种情感得到陶冶。

——亚里士多德《诗学》第6章

还有比亚里士多德的上述话语更精确的故事的定义吗?在第三章我就强调过,故事或叙事的目的是让阅读故事的人受到精神陶冶。为了实现这一目标，故事需要处理的是拥有完整性的一个行为，即一个主要事件和一个根本的欲望，或者是一个人（特别的人）的生活。

精神陶冶，指的是伴随着愉悦等感情的心灵净化状态。所谓愉悦，并不仅仅是发笑或享受等情感。我们既能通过发笑感受到精神陶冶，也能通过眼泪或痛哭得到心灵净化。也就是说，精神陶冶是以消费者对故事中出场人物产生的深刻的情感共鸣为基础，通过和他一同经历他的逆境、成长、挑战、成功来产生，有时还可以通过唤起自己过去的记忆和经历进行共情。消费者也可以通过想象和推理等理性思考或反省来获得，是通过对某一事物引起人的觉醒或反省获得的愉悦。所以，创作故事的时候，最重要的是要思考这个故事能让消费者受到什么样的精神陶冶呢？

我来举个例子，一位创作者给我讲述了一个故事——遭到校园暴力的主人公后来成了暴力的加害者，最后自杀，然后问我这个故事怎么样。听到故事后，我第一反应是惊恐，然后产生的想法是"为什么要创作这样的故事"。我继续向他提问："你想让阅读这个故事的人感受到什么样的情感呢？悲伤？恐惧？愤怒？还是想告诉大家为了避免此类事情的再次发生，要让大家关注呢？"事实上，读者们真的能感受到这些吗？我个人比较喜欢肯定的美学，愿意与大家分享乐观的故事。但这类故事，我认为将其制作成恐怖题材的故事，更具有文学性，也更值得期待。为什么一个没有犯过罪的善良的受害者会变成一个恶魔，为什么他要遭受毁灭的痛苦？时代的牺牲品面对的结局不应该是毁灭。这是创作者执着于表达自己想要表达的观点时经常陷入的陷阱。

很多故事理论家在谈论故事创作的出发点时，通常回答"是有关什么的故事（主题）""是有关谁的故事（角色）"。但在谈论什么样的出发点之前，首先要明确定义"想抓住哪些读者""想和他们分享什么想法""所以最终想提供什么样的精神陶冶"。创作者要努力以此为创作初衷。这就是我想与大家分享的想法。

角色优先的故事建置

俗话说"好的开始是成功的一半"，这句话也非常适用于故事创作，故事一开始要给人们留下好印象。事实上，无论是电影还是电视剧，或者是小说，开始的5页最为重要，甚至说把所有的力量都集中在故事的开始部分也丝毫不为过。什么？！前5页？如果放在电影或电视剧的剧本中，也不过5～10分钟。如若以4幕—24个单元格的故事情节为基准，这部分也就相当于前4个单元格，即导入事件。让我们来确认一下这部分应该写些什么内容。

在开始事件中，一般会解释主人公的工作和能力，在"第一次介绍主人公"中，重点放在设置"平静日常生活中的主人公遭受的缺失（自在存在缺失）"，在"第二次介绍主人公"中，主人公试图消解（回避）缺失的习惯性的、保守的、消极的努力，这些努力让主人公意外地遭遇导入事件，并被卷入事件中，与某人纠缠在一起。从第一幕的内容可以看出，故

4幕—24个单元格情节结构中的故事建置部分

＜第一幕＞导入和建置					
(1)	(2)	(3)	(4)	(5)	(6)
开始事件	第一次介绍主人公：平静日常生活中的缺失	第二次介绍主人公：为消除缺失做出的消极努力	导入事件	事件带来的"后遗症"（混沌／困境）	"后遗症"暂时消除→构成开端

事带给人的第一印象是主人公这一形象带来的魅力和期待。所以，我认为故事建置是角色优先的建置。

所谓故事建置，指的是故事的第一印象是什么样的，也就是设置故事中最先读到的内容。故事引起人们兴趣的要素有很多，但核心还是设置主人公的角色。我的研究结果可以整理为以下三点。

第一，考虑到故事建置的核心是主人公角色的设置，因而设置主人公时需要一定的方法。这种方法可以定义为主人公设置方法。

第二，韩国电影、好莱坞电影以及现象级的美国电视剧的故事建置。这些故事的主题或概念一般不会把着眼点放在主人公所追求的个人正义上，而是放在如何实现社会正义方面，所以将其定义为高概念电影故事建置。

第三，其他美国电视剧的故事建置。这种建置展现的是典型传统美国电视剧的故事建置，因而将其定义为美剧故事建置。

将角色设置的规则定义为高概念电影型和美剧型的方式，大家可能会感到有些疑惑。一是疑惑只有这三种方式吗？二是疑惑自己竟然不知道只有这三种方式。分析了大卖的故事的建置后，我也很意外地发现事实竟然这么简单。当然也有的故事的建置不符合这三种建置方式，这就需要我们整理出新的类型。

● 主人公设置的方法论

接下来通过几部电影，我们来看一下主人公是怎样设置的。

《阿凡达》

地球需要新的能源。战争使不起眼的雇佣兵杰克双腿瘫痪，他退役后过着贫穷的生活。即便如此，杰克却很有正义感。他接受了代替哥哥成为阿凡达的提议。他接受提议的条件是，在他完成任务后，对方会治好他的腿。于是杰克朝着潘多拉星球出发了。当杰克遭到所有人的不信任与嘲笑时，迈尔斯·夸奇上校提议只要杰克单独将情报发给自己，就会让他回到地球接受手术。杰克接受了这个提议，然后混进纳美族。

《光海，成为王的男人》

光海君8年，政局混乱，权力纷争，时刻威胁光海君的切身安全，他命令许均一定要找一个与自己长相一样的人，以备不测。艺人河善靠模仿国王光海君维持生计，他对周围的可怜人也有情有义。许均答应给被钦点为光海君替身的河善一大笔钱。河善觉得这件事情难以接受，一开始表示了拒绝，但收到定金后，决定当光海君的替身。

《鸣梁海战》

壬辰卫国战争的战云密布，朝鲜水军只剩下12艘战船，水军首领

（三道水师统制使）李舜臣面对的是330艘日军战船，士兵们对敌我形势极度悲观，甚至连李舜臣的儿子都认为父亲太过固执。只有百姓，才是处于孤立无援境地的李舜臣的后盾。他们制造龟船，担任密探，帮助李舜臣。李舜臣发誓一定要保护朝鲜的百姓，一定要救朝鲜于危亡之中，他此时能够相信的只有百姓和上天。

《星际穿越》

由于人类的破坏，地球陷入了粮食短缺的危机。同时，各国政府与经济也陷入了完全崩溃的状态。前NASA宇航员库珀从女儿墨菲的老师那里得知了人们对NASA和宇宙飞船的批评，感到有些惶恐。他根据偶然发现的GPS系统追踪到了NASA的秘密基地。布兰德教授发现了开拓新行星的机会，提议库珀驾驶宇宙飞船前往勘测。库珀把这个任务当成自己最后的使命，不顾女儿的反对，朝着宇宙出发了。

《与神同行：罪与罚》

消防员金子洪为了救助火灾中的儿童而牺牲，留下了寡母和在部队服兵役的弟弟。来到了阴间，子洪被判定是"贵人"，可以在地狱接受审判。他很难接受自己已经死亡的事实，对被称为"贵人"也感到非常不适应。他与母亲断了联系，独自生活，没有什么特别的留恋，因而既不关心审判，也没有任何欲望。但阴间使者江林对他说假如他通过了杀人、懒惰、说谎、不义、背叛、暴力、嫉妒这七种审判的话，就可以获得在梦中与活人短暂见面的机会。他想见到自己的母亲，并有话对她说。于是，子洪接受了审判。

　　我在下表中整理了韩国观影人数过千万的几部电影中第一幕的故事建置，其中包括2部好莱坞电影和4部韩国电影。

电影	主人公设置	构成	自在缺失的核心	导入事件
蝙蝠侠：黑暗骑士	在社会正义与个人幸福之间摇摆的蝙蝠侠	特征	黑暗的骑士，爱的人就在身边，却无法告白	·有勇气的检察官出现 ·需要构建社会正义体系
	财产丰厚，富裕的生活	经济状况		
	没有家庭，独自生活	家庭状况		
	最上层的舆论领袖、英雄	身份地位		
	蝙蝠侠的能力，父母去世带来的创伤	能力、健康	没有个人幸福	
电影	主人公设置	构成	自在缺失的核心	导入事件
阿凡达	充满正义的双腿瘫痪的退役军人	特征	生活困难的下半身残疾的退役军人有正义感，没有力量	·代替哥哥成为阿凡达 ·尽管成了阿凡达，但由于身体残疾，仍无法恢复完全自由的能力
	艰难的经济状况	经济状况		
	唯一的哥哥去世，独自生活	家庭状况		
	无人关注也无人关心的处境	身份地位		
	军人出身，具有较强的战斗能力，身体残疾	能力、健康	身体残疾	
电影	主人公设置	构成	自在缺失的核心	导入事件
汉江怪物	单纯的女儿奴爸爸	特征	女儿奴康斗的家人们各自拥有自己的缺失，分开生活	·怪物出现 ·女儿被卷走
	艰难的生活	经济状况		
	家人们各自有自己的缺失，分开生活	家庭状况		
	无人关注也无人关心的处境	身份地位		
	奋不顾身，但智商不高	能力、健康	分散的家人	
电影	主人公设置	构成	自在缺失的核心	导入事件
7号房的礼物	有智力障碍、性格单纯的女儿奴父亲	特征	龙久到商店给女儿艺胜买书包，遭到警察厅长的诬陷	·被诬陷入狱 ·想守护女儿
	最底层的生活	经济状况		
	与女儿相依为命	家庭状况		
	无人关注也无人关心的残疾人处境	身份地位		
	单纯、富于奉献精神，能团结人，残疾	能力、健康	龙久接到电话	

电影	主人公设置	构成	自在缺失的核心	导入事件
鸣梁海战	心中只有国家	特征	如同风中的蜡烛般没有可依赖的人和武器	·敌军聚集 ·守护国家
	没有精良的军队和武器	经济状况		
	有儿子，儿子认为父亲固执	家庭状况		
	水军首领，处于孤立无援的状态	身份地位		
	战略首领的能力，风波后的结果	能力、健康	孤立无援的状态	
电影	主人公设置	构成	自在缺失的核心	导入事件
釜山行	相信金钱万能，极端自私	特征	拥有优越感的极端的利己主义者	·丧尸出现在火车上 ·必须要活着
	拥有的只有钱	经济状况		
	离婚男，独自抚养女儿	家庭状况		
	认为有钱就是上流人士，拥有优越感	身份地位		
	没有特别能力	能力、健康	扭曲的优越感	

从上表中，你是否看到了故事建置的规律呢？你可能还不完全了解这些规律，但是否从中也感到了一定的规律或模式呢？我发现大部分电影的主人公设置都有几个共同规律。这是一种类似于设置主人公小传的方式。

分析故事的第一幕，可以基本概括为：体现主人公的特征，展现主人公的经济状况或主人公拥有的武器和财产、家庭状况、身份地位、解决问题的能力和健康状态。在这一点上，无论韩国电影还是好莱坞电影，它们之间并没有什么太大的区别。

从"角色优先的故事建置"的标题中就可以发现在故事建置中，最重要的是正确设置主人公。当然，比起体现主人公的年龄、职业、性别以及家庭关系等履历的小传来说，更重要的还是要聚焦故事的主题（概念）和题材。设置主人公时，如果能参照以往票房大卖的电影的分析表，对刻画出现实感强、立体的主人公将大有裨益。在这样的工作中，重要的是明确定义揭示第二幕故事的动力，即自在缺失。定义自在缺失意味着设置对主人公的同情。在《蝙蝠侠：黑暗骑士》中，蝙蝠侠目睹高谭市罪恶的犯罪活动，对家人充满了思念，他感到非常孤独。自以为是的、富可敌国的《钢铁侠》中的托尼·斯塔克又是怎样的呢？尽管托尼是拥有"世界第一军火供应商"头衔的首富，但没人羡慕胸前戴着方舟反应炉的他。即便是好莱坞的英雄故事，主人公的人生与我们平常人也并无二致，这样人们不由得对主人公产生共情，使人们很容易被主人公的故事所吸引。

● 高概念电影的故事建置

前面我们曾经解释过什么是高概念电影故事，"如果……，会怎么样"的设问引出的是让人们插上想象的翅膀的故事。这里所说的设问，指的是某个问题即便没有人提出，也是所有人都可能想到的。高概念电影一词的隐含之意就是需要高水平的想象，所以成功的高概念电影需要现象级故事内容。

严格来说，韩国电影很难用高概念电影的故事建置来定义。也不是所有的好莱坞电影或现象级电视剧都可以定义为高概念电影故事。那么，我为什么还要谈论高概念电影故事呢？那是因为它具有两种意义：一种是高超的想象力；另一种是通常高概念电影故事有追求社会正义、大义的共同点。所以高概念电影第二幕的故事设置通常具有以下特点：自我欲望——主人公个人（利己）的欲望与转折点之后的自为存在欲望——社会的（正义的）欲望之间有明显不同。例如，《阿凡达》中的主人公杰克怀着治好自己的双腿的个人欲望，混入纳美族，但最终在与纳美族共存的社会的欲望中，成为与侵略者作战的战士。如此鲜明的故事建置，应该说是借由好莱坞故事的世界化趋势而产生的故事开发策略，不过这也正好是适合韩国电影的故事建置。达到千万观影人次的韩国电影的故事建置具有以下明显的特征：第二幕的自我的欲望=主人公各自的（利己的）欲望；转折点之后自为存在欲望=社会的（大义的）欲望。

《釜山行》的主人公石宇一心想着只要自己和女儿能活下来就好了，于是他只带着女儿逃命，但他们没有成功逃脱，又一次深陷危险中。石宇被从危险中救了自己和女儿的尚华、盛京夫妻感化，然后加入了拯救大家的战斗（大义）中。虽然我们不一定能够充分理解主人公的变化，但故事情节的构成简单明快。虽然都是从个人欲望向大义的转变，但好莱坞电影和韩国电影之间还是存在一些差异：好莱坞电影往往基于自由主义的世界观，追求社会正义；韩国电影通常基于民众主义的世界观，追求社会正义。

高概念电影在故事建置中只需集中于一个主题，然后根据主题，设置一个拥有与主题相反的价值观的人物作为主人公即可。电影《釜山行》的主题可以概括为与世界之恶斗争的唯一方法就是民众之间的团结与相互关心的力量。那么，主人公呢？只要把主人公设置成极端自私的人即可。在电影中，主人公是一个只知道钱的基金经理，正是他投资的生物企业泄漏的感染源造成了丧尸出现。也就是说，他的自私最终造成了世界之恶。《鸣梁海战》的主题可以概括为只要拥有对百姓赤诚的心，百姓就会拯救你。这就是民即天的思想。因此，只要把主人公李舜臣刻画为毫无所依、孤立无援的首领形象，就可以把故事引入到变化与转换中，从而达到最佳戏剧效果。也就是说，在高概念电影故事中，设定鲜明的主题是最大的挑战。

在设定主题之前，先考虑拥有某种缺失的特别的主人公也是同样的道理，因为主题存在于主人公自在缺失或欲望的反面。找到主题后，只要判断它是否具有与世界沟通、产生共鸣的可能性即可。《光海，成为王的男人》就是如此。生活在社会最底层的艺人坐上了王的宝座时，世界上的正义与大义开始发出更大光辉。已经拥有并享受着权力的人们为了不失去权力而拼尽全力，第一次品尝到权力的味道的平民成为君王之后，感受到了权力的无常，然后选择了离开。这样的设定难道不是一种反讽？

● 美剧故事设定

通常，美剧在第一季第一个故事（第1集）中，故事风格都会很强烈。创作者全身的能量都投入到了这一集中，进展飞快。不过，美剧的开始通常都有一个共同的规律。我选了30部很有人气的美剧，对它们第1集的构成进行了分析，分析这些美剧是怎样进行故事建置的。每部剧中主人公的角色性格各不相同，主人公面对的主要事件也不一样，但在故事设定中却有一定的规律。甚至这一规律同样适用于好莱坞电影，从这一点来看，美剧型的故事也可以被称为好莱坞式的故事设定。

第一，主人公如果是平凡的人物，多拥有一些特殊能力，诸如聪明的头脑、超常的记忆力、了不起的直觉和战斗力，甚至超强的杀人能力，等等。主人公如果是超级英雄，那他就具有超能力。可以是像电影《钢铁侠》中的托尼·斯塔克一样拥有天才的头脑和无与伦比的装备；也可以像电影《7号房的礼物》中的龙久一样拥有将一些有超强能力的人聚到自己周围的力量。这些能力相当于先天能力。但也有将不具有突出能力的平凡人物作为主人公的例子，这些主人公一般拥有主流的道德观和价值观，以及非凡的勇气和意志力。这些主人公在导入事件（第4个单元格）中被解除封印，或因为某个事件拥有特别能力。电影《时空恋旅人》（2013）中的主人公蒂姆和《蜘蛛侠》中的彼得·帕克就属于这种类型。《行尸走肉》（2010~2022）和《24小时》等美剧的主人公都被卷入了灾难或类似于灾难的巨大事件中，没有理由也没有必要赋予这些主人公异于常人的特殊能力。平凡的人类陷入灾难应该如何应对，是这类故事的核心趣味和魅力所在。希望大家不要因为平凡人具有特殊能力这一表达方式，就将其理解为是英雄题材的故事的指南。无论什么题材的故事，如果主人公不具备特殊能力或不具备解决问题的能力，那也不能成为主人公。单纯平凡的人物应该被打造成能解决问题的或能力超强的人。

第二，主人公把自己拥有的特殊能力用在错误的地方，或者不知道自己拥有这种能力。大部分情况下是主人公将该能力用于错误的地方。美剧《金装律师》（2011~2019）的主人公迈克与《天蝎》（2014~2017）的主人公沃尔特·欧布赖恩都把自己的天才智力用在了错误的地方，从而过着平凡的生活，电影《王牌特工：特工学院》也是如此。到了导入事件中，主人公与某人相遇，才有了发挥自己特殊能力的机会。这是很多美国影视剧中都使用的故事建置方式，例子不胜枚举。电影《时空恋旅人》的主人公不知道自己拥有非凡能力，在导入事件中该能力的封印才得到解除。另外，电影《蜘蛛侠》中，没有任何特别能力的主人公通过导入事件被蜘蛛咬伤，获得了特别能力。

　　第三，主人公有不可告人的秘密或不想让人知道的创伤。美剧《实习医生格蕾》（2005～）的女主人公梅利迪斯·格蕾的妈妈是一位痴呆患者。妈妈曾经是一位非常有名的外科医生，为了妈妈的荣誉，也为了隐藏自己的自卑，格蕾把这一事实隐藏起来。《国土安全》（2011～）的主人公凯莉正在服用治疗神经过敏的药物。这一事实如果被发现，那么她作为CIA要员的活动就会受到限制。《金装律师》（2011～）的主人公是拥有非凡记忆力的天才，他获得了哈佛大学的入学许可，却没能入学。应聘时，不想入学这种理由说出来像是谎言，于是他就没有特别说明。《天蝎》中的沃尔特是智商超过197的天才，但不知为何却和几个天才一起玩着小小不然的侦探游戏。《行尸走肉》中的主人公里克从昏迷状态醒来后，在空无一人的世界里遭遇丧尸，在不明就里的情况下，他踏上了寻找家人的旅程。《盲点》（2015～）中的美国联邦调查局（FBI）特工库尔特发现了一个浑身布满文身的裸体女性，是谁把这名女性弄成这样？《超感警探》（2008～2014）主人公帕特里克因为傲慢和虚荣，导致自己的家人被连环杀人恶魔"血腥约翰"杀死，对此他有深深的负罪感（创伤）。通过这样的秘密或创伤，观众们对主人公的故事产生了好奇和期待，也吸引着观众观看。

　　第四，主人公周围还有拥有同样悲伤故事的人。他们的情况大体相似，自己所爱的家人或爱人生病、失踪、被绑架或被拘留，导致他们生活在痛苦之中。对主人公来说，这些人在大多数情况下承担着导师的作用，是主人公被卷入主要事件的直接原因或契机。

于是，主人公为了解决故事中的主要事件，开始了短暂的旅行。他发现了自己的特殊能力，得到了发挥自己能力的机会。他在旅途中也许会遇到苦难和障碍，还会遭受沉重的打击，受到内心矛盾的折磨。不过，他能遇到新朋友，获得成长，最终克服重重困难，解决了主要事件，消解了自己的缺失。

美剧通常在第1集中完成故事设定，最长也就是在前1~2集完成。由于故事设定得非常缜密，所以从一开始就能吸引观众。当然不能说这种设定适合所有美剧，但只要能够理解并灵活使用上述的四种分析规律，就会对故事创作产生帮助。而且，我们前面已经说过，美剧的故事设定规律，也是好莱坞电影中经常使用的规律。

美国影视剧的故事建置	《黑客帝国》	《蝙蝠侠：侠影之谜》（2005）
① 主人公拥有特殊能力	主人公尼奥：有打破矩阵的能力	蝙蝠侠：高谭市设计者兼首富的儿子
② 能力用在了错误的地方或不知道自己有特殊能力	不知道自己是怎样的存在，作为黑客进行活动	过着彷徨的生活
③ 刺激好奇心的秘密或创伤	尼奥到底是不是人类的希望？会爱上崔妮蒂吗？	遭到井中蝙蝠的袭击，对父母去世感到自责
④ 关系近的人的悲伤经历	没有（维持着不为世人所知的荒诞生活）	没有（维持着不为高谭市人所知的荒诞生活）

进退两难的困境是美剧型故事设定中非常重要的课题，也是推动情

节发展的核心要素，困境就是处于进退两难或者面临两个选择时难以抉择的苦闷状态。在故事创作中，主人公通常从一开始就陷入困境，从而使观众在情绪上沉浸进去。主人公处于生与死的危机中，这种情况确实更容易使人们沉浸在情绪里。两个选择之间怎么选择？选择了一个，那另一个怎么办？无论是谁，处于主人公所处的情况中时，都会感到矛盾和苦闷。

《24小时》（第一季，2001～2002）"是拯救自己家人，还是阻止暗杀总统候选人"，主人公面临这样的困境不知该做出何选择，而该电视剧在主人公做出选择后，继续披露下一个事件如何进展、解决，从而引发了人们的紧张感。被著名恐怖小说作家史蒂芬·金赞不绝口的电视剧《殖民地》（2016～2018）是怎样展现困境的呢？地球成了外星人的殖民地。在人们不知道外星人底细的情况下，洛杉矶一群叛徒作为统治阶级对普通人进行统治和管理。作为被统治者之一的、CIA出身的主人公为了寻找走散的儿子，成为这些叛徒的走狗。但妻子认为是因为外星人的统治和压迫，自己才失去了儿子，于是秘密加入了反抗组织，开始复仇。《殖民地》中遭遇幼小儿子失踪事件的家庭设定，使丈夫与妻子处于困境之中，这种充满悲伤与矛盾设定使观众更容易产生某种情结。

第七章

电视剧的故事

创作需要什么？

集体创作，

现在不是可选项，而是必选项。

电视剧，有什么不同？

　　前面，我们说故事创作是"钩子和情节的魔术"。很多创作者不免会提出疑问："这样的理论怎么用于短则10小时，长达20个小时，甚至50小时的电视剧创作中呢？"我们先说结论：用就行了。原则上来讲，只要是以4幕结构的故事为基础的影视作品，叙事的原则和基本理论就是一样的，并且事实上也应该如此。不过要注意的是，电视剧与电影的形式有不同的特点。一般电视剧会超过10集，有时还会超过50集，所以主要事件展开的时间、空间和登场人物的规模上存在差异。

　　电影和电视剧分处不同市场的时代已经过去了。制造者的时代已经日落西山，消费者的时代已经到来。站在消费者的立场来看，有必要非得追究电影和电视剧有什么作用，纸质小说和网络小说有什么差异吗？消费者不过是想消费有趣的故事、有魅力的内容而已，他们在消费的同时能感到满足。消费者更没有理由忍受国境和边界的壁垒造成的不便了。这样的时代变化最终改变了文化产业中内容制造者的想法、战略、制作形态与方法。因为在全球化时代,接触到各种各样的故事资源的消费者的眼光已经变得非常高了。

但从本质上来看,电影和电视剧的叙事模式虽然相似,却各自拥有自己的特征。可以说,戏剧是演员的艺术,电影是导演的艺术,电视剧是作家的艺术。或许是因为这个原因,在以导演的艺术为主导的电影行业中,编剧的地位、作用和收入都很有限。所以,有的编剧成了导演,有的则转入以作家的艺术为主导的电视剧行业。韩国有很多电影编剧转战电视剧市场后,获得了了不起的成就,比如《推奴》(2010)、《逃亡者Plan B》(2010)、《七级公务员》(2013)、《花都情缘》(2017)等的编剧千成日,《丰年公寓》(2010)、《迹象》(2011)、《幽灵》(2012)、《三天》(2014)、《信号》(2016)等的编剧金恩熙。当然,相对尝试转型的人数来说,真正成功转型的比例却不高。

那么,电影和电视剧的叙事方式到底有什么差异呢?我认为这些差异更多的是由放映电影和播放电视剧的媒体(平台)的不同造成的。我们先来分析电视剧媒体的特征。

① 电视剧媒体(平台)的特征就是广告收益是收入源泉,观众是免费看电视。当然,现在随着电视剧产业的海外市场和视频点播下载服务的发展,电视剧产业的市场在扩大,但最主要的收益仍然是广告。

② 观众是免费观看电视,观众在看电视时的注意力集中度和投入度都不高。

③ 家家户户都有电视,电视是男女老少谁都可以接触到的媒体。

④ 电波属于公共资源,因此电视剧媒体需要考虑公益性和公共性。

　　卫星与有线电视、交互式网络电视（IPTV）和移动设备（智能手机）等媒体越来越多，电视的功能逐渐弱化，由于大众对电视剧媒体的关注度下降，所以电视剧媒体对复杂棘手的问题或伦理道德问题比较敏感，不喜欢有冲击性的话题。因而，电视剧也倾向于探讨普遍的、简单的、有幽默感的事件或故事。

　　电视剧最重要的特征就是故事很长，并且是一集一集连续的故事。当然电视剧中也有独幕剧或像电影一样时长较短的短剧，也有刑侦剧、情景剧等类型，不过一说到电视剧，大家首先想到的还是情节剧。2000年之前，美国电视剧一直都是制作情节剧的系列电视剧。2000年以后美国主要开始制作迷你剧。而韩国电视剧没有追随世界潮流，形成了自己独特的制作方式，所以就遇到了更多的故事创作的困难。韩国电视剧没有参考世界电视剧每集42分钟的普遍规定，而是考虑到广告收益，每一集都是60分钟以上。在这种情况下，就为创作增添了更多的复杂性和困难。

　　电影故事一般以主要情节和次要情节为基础展开，采用的是多重情节的情节结构。现在的社会变得越来越复杂，观众的思考方式和现实经验也使故事中的关键人物情节的比重越来越高，越来越复杂。且电影时长受到120分钟的时间限制，所以电影故事仍然是采用多重情节的结构。而电视剧时长没有受120分钟的时间限制，采用的是多重情节以上的情节结构。美国就没有将电视剧的情节结构定义为多重结构，而是将其定义为模式。每集42分钟左右的故事需要快速推进，每一集的故事就根据这一固定的模式向前发展，以每集结束的情节为基准，对主人公的主要情节、次要情节、关键人物情节的比例进行适当分配。

美国电视剧与韩国电视剧

美国电视剧是现在世界上最先进的电视剧制作形式。

美国电视剧分类	定义	示例
独幕剧	由特定主题或题材构成的独幕剧（电视电影就是独幕剧的进化形式）	希区柯克导演的悬疑剧场
情景剧 / 情节剧	与角色的成长和进化无关，每一集解决不同的问题的电视剧（每集都是完整的故事）	2000 年之前的美剧和 2000 年以后的《犯罪现场调查》《欲望都市》
迷你剧	通过一季（一般 12 集），展现角色的成长与进化（故事贯穿整季）	2000 年以后主导了美剧热潮的《越狱》等作品

美剧按照故事是否具有延续性进行分类，可分为独幕剧，情景剧或情节剧（每集都是一个完整故事），以及迷你剧（整部电视剧是一个完整故事）。

情节剧是典型的美国电视剧的传统形式，也是至今仍然最常见的电视剧形式。2000年以前的美剧清一色的都是情节剧。从《无敌浩克》（1978~1982）到足足播出了35年的电视剧《神探可伦坡》（1968~2003）和《加州高速公路巡警》（1977~1983），以及《百战天龙》（1985~1992），这些电视剧都不涉及主人公的成长与进化，每集解决一个事件，每集都是一个完整的故事。《犯罪现场调查》系列剧及其衍生剧，还有类似的系列剧《欲望都市》《绝望的主妇》《超感警探》等都属于情节剧。这一类型电视剧的特点是不按顺序从任何一集开始看都行。

　　迷你剧的名称是怎么来的呢？2000年以后创作出来的迷你剧比起2000年以前播放的情节剧时长较短，它的名称也起源于此。但从内容来看，它是传统电视剧的形式——情节剧与完整故事构成的电影的合成体。《兄弟连》可以说是掀起全球美剧热潮的迷你剧的鼻祖。史蒂文·斯皮尔伯格是该剧制片人，说明好莱坞电影的高级人才被吸引到了电视剧市场。美国电视剧，特别是迷你剧看起来特别有电影感的原因就在于电影的影像美学在迷你剧中发挥了巨大作用。当然这伴随的是巨额的资金投入。美剧平均每集的制作费用为300万~400万美元，但迷你剧每集约投入500万美元的制作经费。以《权力的游戏》为例，2016年播出的该剧第6集的制作费用超过了1 000万美元，这相当于在韩国制作一部大片的费用。

　　美国观众对迷你剧不感到陌生并且丝毫不感觉无聊的原因是迷你剧采用了与传统的情节剧类似的插入情节的形式。那么，韩国观众为什么痴迷于美剧（迷你剧）呢？因为看每集迷你剧感觉都像在看电影似的，迷你剧有独特素材与宏大的叙事范围，以及洋溢着紧凑感与紧张感。看腻了整部电视剧都是一个故事的韩国观众，对每集都解决一个单独事件（主要事件）的故事，比较容易产生新鲜感。

　　情节剧和迷你剧的叙事方式有什么不同呢？两者最大的差异取决于主人公角色是否有成长和进化。情节剧有固定的角色设定，每集解决不同的任务，而迷你剧的情节结构是每集不仅解决不同的任务，主人公角色和人物关系也在不断成长和变化。下表将有利于大家理解上述内容。

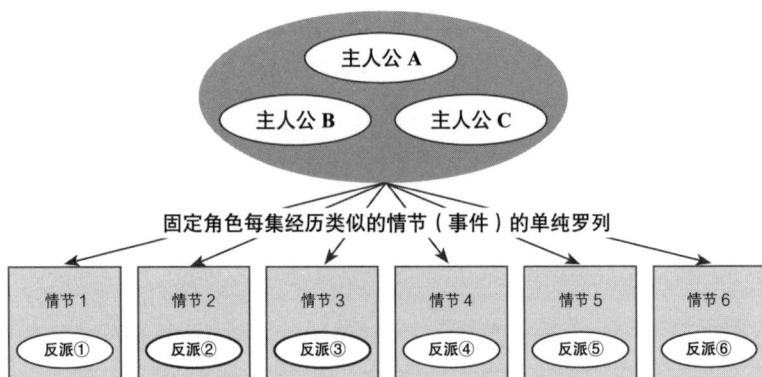

2000 年之前美剧的故事结构：系列情节剧

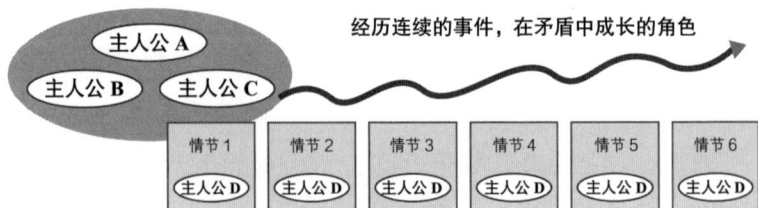

2000 年之后美剧的故事结构：系列迷你剧

　　那么，美国的迷你剧与韩国黄金时段播放的电视剧有什么不同吗？

首先，韩国电视剧情节结构不够鲜明，这不是编剧的问题。其次，韩国电视剧受时长的限制，每集时长60分钟（70～80分钟一集的形式）的限制，编剧通过主要情节与次要情节的相互关系叙事时受到了限制，因此强化了关键人物情节造成的问题。而美剧不考虑这一点，采取了用所有情节展现每一集的策略，而韩国电视剧重点解决人物之间发生的问题时，要么没有情节结构，要么每集之间的情节差异不够鲜明，这造成了韩剧与美剧之间的根本差异。

生活在多元时代的人们，自然会喜欢故事简单又剧情紧凑的美剧的叙事方式。现在以电视台为主要媒体的电视剧的观看率不断下降的现象，是多元媒体、多元频道造成的结果，并要求传统的电视剧的叙事方式需要做出根本性的创新。

创作者津津有味地
观看美剧（迷你剧）的方法

　　美剧每集都全方位展现情节的原因是让观众不感到无聊，同时能跟着故事的发展。情节是具有起承转合结构的完整事件。特别是迷你剧，由与主人公的主要事件（主要情节），以及与周边人物发生的故事等调味品似的次要事件（次要情节）组成。

　　每一集的情节都应该充分反映该集想要表现的主题。例如，迷你剧的第1集或第1～2集（4幕—24个单元格情节结构）中就一定包含着第一幕的六个单元格（开始事件—第一次介绍主人公—第二次介绍主人公—导入事件—事件带来的"后遗症"—暂时消除"后遗症"）。这些内容由一个主要情节构成。

　　一季美剧是如何构成的呢？假如把每12集当作一季，那么12集中的第1集或第1～2集中就会包含着四幕结构的第一幕。要铭记绪论要短小精干。从第2集到第5集体现第二幕的自在存在欲望，第6集是转折点，然后到第10集体现的是第三幕的自为存在欲望，第11~12集体现的是第四幕的最终决战与大团圆。这就是美剧的构成，从中可以看出一季故事的每一集中充分体现了4幕—24个单元格情节结构的定义。即，故事具备完整的起承转合结构，无论是小说还是电影，又或者是电视剧及网络影视作品，都可以用4幕—24个单元格结构规则进行分析，也可以按此规则进行创作。

创作者津津有味地观看美剧（迷你剧）的第一个方法是关注每一季的第1集是如何设置的。即要观察前面强调过的"角色优先的故事设置"，然后预想、思考这样的故事建置有怎样的主题，以及是如何构建4幕结构的。接下来，我们来分析《行尸走肉》的第一季的情节1（第1集）。

世人全都变成了丧尸，从昏睡状态中清醒过来的主人公开始去寻找自己的家人。幸运的是他得知了家人都还活着，不过妻子却与他的朋友建立了一种新的关系。

《行尸走肉》的故事设定与《国土安全》的并无二致，后者中的主人公从战争中死里逃生却发现好朋友与自己的妻子在一起了。这一设定与《实习医生格蕾》也相似，该剧中的主人公在经历种种责难后，开始与德瑞克医生恋爱，这时德瑞克医生的妻子找来，主人公才得知德瑞克已婚的事实。人们有时会抱怨韩国电视剧狗血的设定，而美剧经常使用这样狗血的设定来吸引观众。这样的设定是对被赋予了拯救世界的使命的主人公，施加了一些琐碎小事，从而造成两难困境。设定问题的核心不在于情节狗血，而是主人公陷入的两难困境如何解决。

创作者津津有味地观看美剧的第二个方法是从与故事创作相关的技术层面，以情节结构与主题情节两条主线为中心来看剧。思考每集的情节具有怎样的意义，就可以明白该剧的4幕—24个单元格情节结构。

　　第三个方法是关注故事构成的剪辑方式。除了韩国的电视剧之外，世界上大多数国家的电视剧每集约为42分钟。美剧也是如此，美剧的主要情节分4个段落（起承转合）展开，每个段落相当于整个42分钟的1/4，也就是10～15分钟。美国的电视剧允许中间植入广告，基本上美剧都严格遵守上述时间安排。

● 美剧的竞争体系

　　我认为当今世界故事产业的最高水平是美剧。不仅创作繁荣，而且就世界市场占有率来看，美剧也占有重要的一席之地。那么一集美剧是怎样诞生的呢？为了更好地理解美剧，我们需要来了解一下美剧激烈的竞争体系。

　　美国电视剧的市场规模大概相当于韩国的20倍，但实际上美国的电视频道与韩国的电视频道的数量差不多。除五大公共电台外，美国还有家庭电影台（HBO）、娱乐时间频道（ShowTime）等有线电视频道，这些频道制造了韩国电视剧数量20倍的市场规模。什么是美剧的竞争力呢？是他们固有的制作模型与这些制作模型组成的制作体系。

　　下页上图展示了美国电视剧进入市场的流程，该流程大概可以分为5个阶段。一年通过巨额投资制作的试播剧大约有50部，最终登上电视频道播放的不过只有5部，那么其余45部试播剧哪里去了呢？答案是被扔进了垃圾桶。

　　2010年，我曾经见过索尼哥伦比亚影视公司的副总裁，他说美国每

⑤ 每年投放 5 部左右的新拍剧试播

空中无线网络服务

NBC　FOX　CBS　CW　abc　　HBO　AMC NETWORKS　SHOWTIME

年轻人	男性	保守层	年轻女性	势头走弱

④ 每年播放 10 部左右的电视剧

③ 每年创作 50 部左右的试播剧

主要工作室

环球电影公司	20 世纪福克斯电影公司	哥伦比亚广播公司电视剧制作中心	华纳兄弟电影公司	美国广播公司工作室	索尼哥伦比亚电影公司

② 每年创作 300 多部试播剧的剧本

创作（制作）公司

作家（公司）剧集主管掌控	制片人（公司）一般与剧集主管签约	代理机构（作家+演员+导演）	其他

① 每年? 篇的故事创作

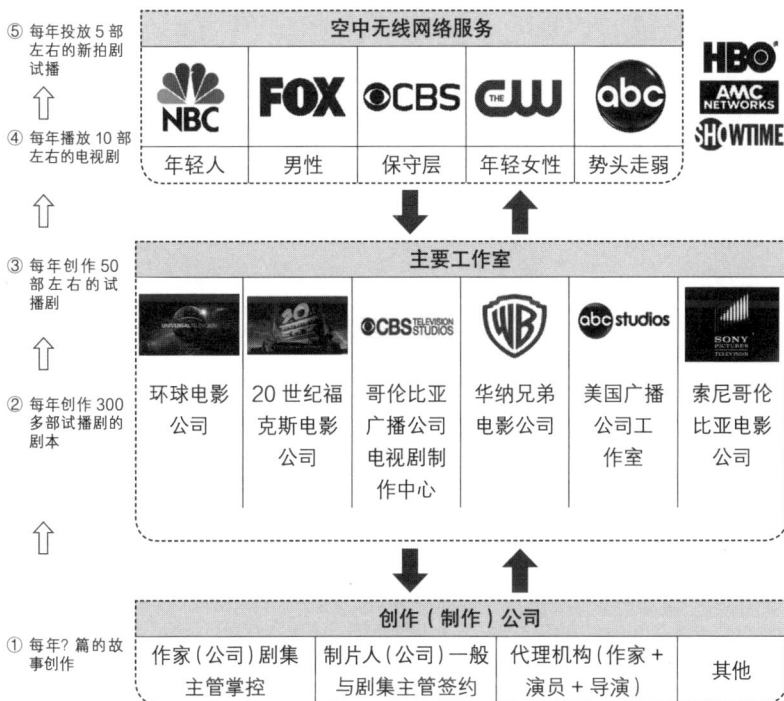

年制作的试播剧有50多部，2010年美国电视剧每集平均的制作费用为300万～400万美元，市场上播放的试播剧的制作预算通常是平均制作费用的2～3倍，假设每一部剧只制作1集的话，那么每年50部剧的制作费用就是50部×1 000万美元≈5亿美元（人民币约30亿元）。而2010年韩国公共电视频道与有线电视频道上播放的所有电视剧的制作费用为8 000亿韩元（人民币约43亿元），相当于把韩国3个公共频道和2～3个有线频道上播放的早间电视剧、每日电视剧、迷你剧、周末电视剧等所有电视剧的制作经费的一半以上用在了试播剧上。其中90%试播剧被扔进了垃圾桶!这样规模的投资再打造不出来世界最高水平的产业,那他们就不是资本家了!

韩国电视剧的情况如何呢?如果美国的电视剧体系定义为5个阶段的话,那么韩国就是从第1个阶段直接跨越到了第5个阶段。要做到像美剧一样进入市场的流程,韩剧需要与其相对应的巨额资本。从创作环节开始的编剧执笔合同,到试播剧的制作所需的巨额资本,都完全由影视制作公司负责。假如没有影视制作公司的存在,美国电视剧的5个阶段体系难以为继,也就不可能具备全球性的竞争力。

电视剧故事的创作方法论：
美剧型电视剧创作法

　　前面我们对美剧中的迷你剧进行了分析，这类电视剧是传统电视剧形式的情节剧与故事完整的电影的结合。美剧迷你剧每季的故事都采用了电影的叙事方式，每一集叙事的着眼点都是主人公解决任务（情节）。通过迷你剧我们可以掌握美剧型电视剧创作法。首先，故事的主要情节是基于4幕—24个单元格情节结构建置的；其次，不仅重视主要情节，还需要结合次要情节；最后，美剧型电视剧每集都通过设置主人公解决问题（情节）方式，将故事的趣味最大化。

　　与电影和小说不同，电视剧叙事的核心特征是有丰富多样的情节。一般来说，电视剧指的是20～40分钟的完整事件。美剧中"情节"相当于韩剧中的"集、回"的概念。美剧每集都由体现主人公的主要事件（主要情节）和体现浪漫伴侣或其他配角的次要事件（次要情节）构成。其中，主要事件体现的是与主人公有关的主要情节，所以有必要对其进行进一步解释说明。

在韩国，有传统的电视剧和与美剧相似的新形式的电视剧。后者，即美剧型电视剧的代表性编剧是《信号》的编剧金恩熙。朴才范任编剧的《好医生》（2013）和《热血祭司》（2019）是完美应用了美剧故事建置的电视剧。此外，韩国文化广播放送株式会社（MBC）的《别巡检》（2007～2010），TVN和韩国有线电视频道（OCN）的《无理的英爱小姐》（2007～至今）、《请回答1988》（2015）和《特殊案件专案组TEN》（2011～2013）等也体现了新的电视剧特点和形式。

传统电视剧与美剧型电视剧的形式不同，因而它们的创作方法也存在差异。如果想创作美剧型电视剧，我认为正确的方法是采用美剧的创作方法（集体创作体系）。事实上，以《别巡检》为代表的一些作品与美剧的创作方法没有什么本质差别。美剧的集体创作体系并不仅仅是美国电视剧创作需要的体系，也是为了全面理解复杂世界上个性不同的观众，以及满足不同观众的情绪与需求的集体创作体系。

● 美剧的集体创作体系

谈起美剧，我最想讨论的主题就是"在故事创作中，集体创作或集体智能的力量是怎样得到发挥的"问题。集体智能理论是由哈佛大学教授、昆虫学家威廉·莫顿·惠勒在观察蚂蚁的社会活动时提出的。后来，法国哲学家皮埃尔·列维将其定义为网络空间的集体智能概念。他的著作《集体智慧》中对集体智慧定义为团队、团体或组织中人们以一致和协调的方式思考和行动的能力。

　　观察美剧的集体创作体系，可以了解其符合集体智慧的定义。例如，一季有12个情节，即一部12集的电视剧原则上需要12位编剧。每一集由不同的编剧来写在敏感的矛盾变化中痛苦成长的人物，这怎么能实现呢？

　　每一集的主要执笔编剧在编剧工作室中共享、整理、统合自己的想法。编剧工作室是集体智慧的产物，也是集体智慧最重要的部分。制片人之所以是故事的原创者，是因为他们掌握着创作范式，是引领创作目标与方向的舵手。制片人的着眼点在于组织作家、对作家的支持、管理和指挥，甚至还会亲自撰写重要的情节。制片人可以决定每集主要执笔编剧的作家阵容，也有解雇人的权限。

　　2011年，莫妮卡·梅瑟①受韩国文化产业振兴院的邀请访问韩国，我与她交流时，提出了一个问题：“在集体创作体系中，作家与作家，甚至制片人与作家之间很有可能对故事的理解不一样，这种情况下怎么办呢？”她的回答非常简洁明了：“制片人解雇作家！”就直接解雇？我说这样作家肯定非常伤心，真是比较难办。莫妮卡对我的话感到很惊讶：“不管怎么说，所有人的目标都是完成作品并且获得成功。由于大家之间存在这种共识，所以即便是其中某个作家很伤心，也应该接受！”啊！原来这是他们的价值观和思考方式，他们解决问题的观点与

---

① 莫妮卡·梅瑟：作家、制片人、故事编剧。1993年大学毕业，开始活跃在戏剧舞台。后在20世纪福克斯公司的作家培育项目学习，担任《24小时》第1季和第2季的制片人助理，后担任《越狱》的编剧及作家，并声名鹊起。

态度与韩国人完全不一样啊! 有人认为由于制片人被赋予了强大的权力,所以是他们让集体创作体系得以存在,但这只是一部分原因,还有编剧工作室的运营和有效的报酬体系也是重要原因。美剧的集体创作体系几乎完美构建了集体智能理论中的环境、条件和体系,这一成果让美剧从2000年以后在全世界范围内刮起了热风,成为开启美剧"文艺复兴"的动力。

集体创作中的著作权

很多人不看好集体工作或对此持否定态度。特别是在文化艺术创作领域,传统的单人创作的固有观念使共同创作(集体创作)变得更难。再加上创作者的知识产权以及与此相关的个人知识产权份额问题,问题就变得更加复杂。但时代的发展使得一个人很难理解复杂的世界,当然一位优秀的作家也可以创作出成功的、大卖的故事。例如,我认为对于浪漫题材的故事,一个人创作比多人集体创作更有效,这也是事实。但对所有创作者来说,成功的机会并不是均等的。在故事创作中,各种形态和方法可以共存,无论是单纯的单人创作,还是多人参与的集体创作,创作者都应该抱着开放的心态接受。

现实的问题是如何确定与知识产权相关的所有权。在好莱坞,一般是故事的原创者和制片人拥有知识产权,每集的主要执笔作家除了享有著作人身权之外,不享有知识产权。作为转让知识产权的补偿,他们获得稿酬。像这种情况,如果故事的原创者只有一个人或原创者就是制片人,那不会产生任何问题,但如果原创者是多人或不是制片人,那么原创故事就要卖给（让渡给）制作公司。而且，在有策划作创作者与执笔作者共同参与的故事中，需要细致地区分创作阶段，然后根据各创作阶段创作者的贡献度，给他们分配知识产权的份额。

　　假设是3名创作者共同创作，按照本书第216页的表格，他们就各自在各个阶段的贡献度达成共识。假设他们都参与了创作前的过程，那就按照下面的最终合计对他们的创作贡献度进行区分，并以此为依据对创作份额进行分配。假设他们把共同创作的故事卖给了影视产业制作公司，这时采用"①中间合计"的方式分配份额。假设让渡条件是从制作公司支付1 000万韩元的费用和一定股份，那么对于这1 000万韩元，分配方案是创作者A（230万韩元）、创作者B（330万韩元）、创作者C（440万韩元）。单独获得的制作公司的股份也按同样的比例进行分配。假设是策划创作者与两位执笔组成团队，一直合作至影视作品拍摄的阶段，即共同执笔剧本的话，那应该如何分配呢？这时采用"②最终合计"的方式进行分配。假设从制作公司获得了1亿韩元的报酬，那么分配方式则是策划创作者A（1 900万韩元）、创作者B（5 300万韩元）、创作者C（2 800万韩元）。

　　当然在创作过程中，也有可能是发挥最大作用的执笔下定决心，决定三个人平分共同创作。乍一看这种做法好像是很大的让步，不计较个人利益体现出美德，但事实上我并不主张这种做法。因为这种做法很难持续，很多情况下会造成误会和纷争。不具体划分谁到底承担什么工作，就难以明确分配比例。最好的方法是在一开始共同创作时就制订好分配比例，然后按照约定的比例对工作进行合理的分配。

阶段	（每阶段成果）形式	占有份额（示例）			
		创作者A（策划）	创作者B（执笔①）	创作者B（执笔②）	合计
原创素材	公开或成文的文稿（原创）	--	--	10%	10%
创作	（著作权注册）原创故事	7%	10%	3%	20%
① 中间合计 （一般在该阶段卖给/让渡给制作公司）		7% （23%）	10% （33%）	13% （44%）	30% （100%）
策划	适合影视产业形式的方案	5%	12%	3%	20%
剧本	创作成适合影视产业形式的剧本	4%	26%	10%	40%
改编及润色	完成剧本	3%	5%	2%	10%
② 最终合计 （完成创作前的过程/着手制作影视作品前的阶段）		（12%） 19%	（43%） 53%	（15%） 28%	（70%） 100%

假设示例：创作者A是原创故事的发现者并主导故事创作。创作者C是原创故事的创作者。但创作者C的商业执笔能力或经验不足，所以作为补充，创作者B参与了故事开发，成为主要执笔者。

结　语

长征般的创作

　　"你想成为一个什么样的创作者？

　　是梦想成为给现实生活中存在缺失的人们带来安慰，

　　并给他们在追求正常的欲望的路上加油的创作者吗？"

　　希望这本书为大家带来有益的帮助。不过，比这更重要的是，我希望大家能轻松地读完这本书。我想有必要介绍一下本书的创作过程。2014年我完成了本书的初稿，但我并不是很满意。我为了让大家阅读时理解透彻，在写作过程中增加了一些内容，导致书稿页数增加，甚至还出现了一些我自己都难以理解的内容。这种情况下，书稿是无法出版的。我也很难摆脱很多作者写书总是反复写作、修改的习惯，不知不觉中可能写了十本书的分量，在这样的过程中，我好似进入了迷途。于是，我整理心情重新进入修改，但我也只能每次集中精神看几十页，然后又变得精神不集中。

到底问题出在哪儿呢？为什么写作的时候自认为写得很有意思，但真正拿起写完的书稿阅读时，却感觉文章像是出自多人之手似的不连贯。我尝试把自己定义的情节（情节结构）应用于本书中，就像进行故事创作（设计）时在"欲望的配方"中定义的4幕—24个单元格情节结构一样，我对书稿进行了设计。对于非故事类的图书，我也像进行故事创作一样，用"欲望的配方"情节结构对我的书稿进行了创作。这样的创作过程，对我来说是一个大胆的挑战和尝试，我也很好奇我的创作理论会得到读者怎样的评价。由于我个人的文化素养与知识储备还有欠缺，对于有人指出部分内容不够充实的意见，我也有些不知所措。不过，如果读者读到下面这一部分时，产生了兴趣，我想这是得益于引领我创作的情节（情节结构）的力量。

与其他产业相比，过去20多年我所经历的文化产业是比较公平的。实力造就成功，成功带来名誉和财富。该产业需要怎样的实力呢？需要的核心实力就是与故事策划创作有关的眼光和力量。对故事策划者来说，需要具有的实力是思考和判断生活在我们这个时代的人们需要怎样的安慰与帮助，需要与他们分享怎样的情感。对创作执笔者来说，除了上述实力外，还需要有将头脑中的想法打造成文章的能力。对导演来说，需要有将文章转化成影像的能力。

我想通过本书，尤其通过故事创作的思想与理论，揭示如何培养有关策划创作的能力。故事创作完成的形态首先是文章，所以要强调写文章的重要性，但从根本上来说，故事创作其实如同打造一个新世界。创作者要在脑海中打造了一个想象的世界，并邀请读者、观众或听众到这个世界里。如果将邀请称为"钩子"，那么让接受邀请的人在创作者创作的世界里获得满足的过程则是情节。最终，故事创作者的实力就是如何施展"钩子和情节的魔术"。

即使对于那些已经充分获得权威肯定的创作者，他们对成功的要求和期待也会成为不小的压力，那么对于刚刚开始创作的新人创作者则更是如此。不过，我认为"加油""成功"等目标意识虽然重要，但更重要的是要确认"我正在努力做""什么是成功""我想通过成功获得什么"。尽管影视文化产业比其他产业回报较高，但也不是说该产业就可以让大家都成为百万富翁。当然已经成名的数得着的几位创作者已经获得了数十亿、数百亿的财富，富甲一方，但我想说的是，不要为了获得财富而投身于影视文化产业。

我在本书的序言中引用了金九先生的文化强国论，这也是我步入影视文化产业的指针。为国家能成为文化强国而努力也是我的初心，我想这可能也是很多人投身影视文化产业的初心。无论碰到什么样的事情，在人生美好的时刻也好，苦难的时刻也罢，希望大家都能记得初心。初心如同让我们回顾自己出发点的记忆，但也是让我们作为创作者快乐、幸福地活在当下的指针。至少对我来说如此。

创作者梦想构建的世界是充满正义与爱的世界，但我们生活的现实却常常与美好的愿望相去甚远，那就是不公平、不公正与邪恶反而获得胜利。因为现实有悲剧发生，那么我们的故事就应该是悲剧吗？如若我们知道现在的生活是悲剧，未来的生活也很有可能是悲剧，那么我们很有可能就不想活在这个世界上了。正因为明天可能比今天更有希望，所以我们才努力活在当下。正因为如此，人们听、看、消费故事的理由就是想弥补现实的缺失，并从中获得安慰。所以，创作者应该安慰生活中存在缺失的人们，并为他们的梦想加油，并把这当作自己的欢乐与幸福。这是创作者的宿命。希望愉快地、幸福地接受这一宿命的创作者越来越多，我就是怀着这样的期待与想象完成了本书的写作。